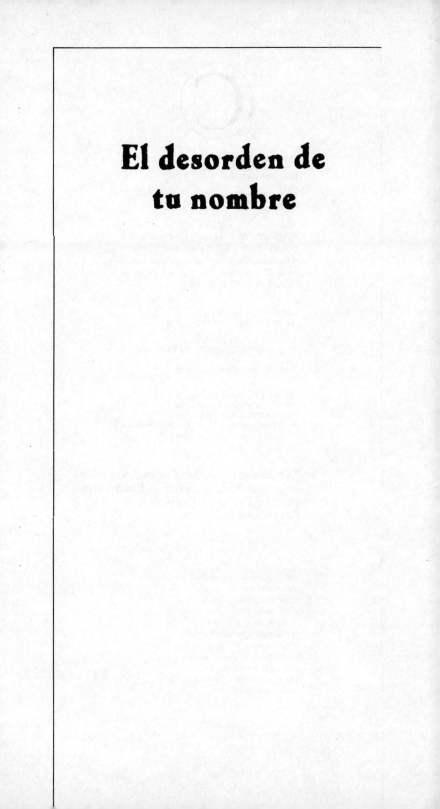

El desorden de
tu nombre

1986, ALTEA, TAURUS, ALFAGUARA, S. A.
1991, SANTILLANA, S. A.
JUAN BRAVO, 38
28006 MADRID
TELEFONO (91) 322 47 00
TELEFAX   (91) 322 47 71

• Aguilar, Altea, Taurus, Alfaguara S. A.
Beazley 3860. 1437 Buenos Aires
• Aguilar, Altea, Taurus, Alfaguara S. A. de C. V.
Avda. Universidad, 767, Col. del Valle,
México, D.F. C. P. 03100

I.S.B.N.: 84-204-8050-9
DEPOSITO LEGAL: M. 31.287-1994

ILUSTRACION DE LA CUBIERTA:
FRANCISCO SOLE Y FUENCISLA DEL AMO

IMPRESO EN ESPAÑA

PRIMERA EDICION: ENERO 1988
DECIMA EDICION: MARZO 1990
VIGESIMA EDICION: OCTUBRE 1994
VIGESIMOPRIMERA EDICION: DICIEMBRE 1994

This edition is distributed in the United States by Vintage Books, a division of Random House, Inc., New York, and in Canada by Random House of Canada Limited, Toronto.

Juan José Millás

El desorden de tu nombre

ALFAGUARA

A Isabel Menéndez

Uno

Eran las cinco de la tarde de un martes de finales de abril. Julio Orgaz había salido de la consulta de su psicoanalista diez minutos antes; había atravesado Príncipe de Vergara y ahora entraba en el parque de Berlín intentando negar con los movimientos del cuerpo la ansiedad que delataba su mirada.

El viernes anterior no había conseguido ver a Laura en el parque, y ello le había producido una aguda sensación de desamparo que se prolongó a lo largo del húmedo y reflexivo fin de semana que inmediatamente después se le había venido encima. La magnitud del desamparo le había llevado a imaginar el infierno en que podría convertirse su vida si esta ausencia llegara a prolongarse. Advirtió entonces que durante la última época su existencia había girado en torno a un eje que atravesaba la semana y cuyos puntos de apoyo eran los martes y viernes.

El domingo había sonreído ante el café con leche cuando el término amor atravesó su desorganizado pensamiento, estallando en un punto cercano a la congoja.

Cómo había crecido ese sentimiento y a expensas de qué zonas de su personalidad, eran cuestiones que Julio había procurado no abordar, pese a su antiguo hábito —reforzado en los últimos tiempos por el psicoanálisis— de analizar todos aquellos movimientos que parecían actuar al margen de su voluntad. Recordó, sin embargo, la primera vez que había visto a Laura, hacía ahora unos tres meses. Fue un martes, blanqueado por el sol de media tarde, del pasado mes de febrero. Como todos los martes y viernes desde hacía un par de meses, se había despedido del doctor Rodó a las cinco menos diez. Cuando ya se dirigía a su despacho, le invadió una sensación de plenitud corporal, de fuerza, que le había hecho valorar de súbito la tonalidad de la tarde. Olía un poco a primavera. Entonces decidió desechar la ruta habitual y atravesar el parque de Berlín, dando un pequeño rodeo, para gozar de aquella íntima sensación de bienestar que la situación atmosférica parecía compartir con él.

El parque estaba discretamente poblado por amas de casa que habían llevado a sus hijos a tomar el sol. Julio se fijó en Laura en seguida. Estaba sentada en un banco, entre dos señoras, con las que parecía conversar. Su rostro, y el resto de su anatomía en general, eran vulgares, pero debieron remitirle a algo antiguo, y desde luego oscuro, en lo que sintió que debía haber estado implicado. Tendría unos treinta y cinco años y llevaba una melena veteada que se rizaba en las puntas, intentando quebrar una disposición de los cabellos que evocaba en Julio alguna forma de sumisión; las ondulaciones, más que quebrar esa disposición, la acentuaban. Sus ojos, con ser normales, tenían cierta capacidad de penetración, y cuando se combinaban con los labios, en una especie de sincronía cómplice y algo malévola, lograban seducir imperceptiblemente. El resto de su cuerpo era una línea ligeramente ensanchada en las caderas, que —sin llegar a resultar desgarbada— carecía de la apariencia de efebo que tal clase de cuerpo suele evocar, especialmente si pertenece a una mujer madura.

Julio se sentó en un banco cercano, desplegó el periódico y se dedicó a observarla. A medida que pasaba el tiempo aumentaba su desazón, porque penetraba en él con más fuerza el sentimiento de que algo de lo que poseía esa mujer era suyo también, o lo había sido en una época remota; lo cierto es que su modo de mirar y de sonreír, pero también de mover el cuerpo o de relacionarse con sus partes alteraron la situación sentimental de quien desde ese día, cada martes y viernes a las cinco de la tarde, entraría en el parque con el único objeto de comtemplar a aquella mujer.

Por fin, una tarde en la que ella estaba sola, Julio se sentó a su lado simulando iniciar la lectura del periódico. Al poco sacó un paquete de tabaco y extrajo de él un cigarro; luego, cuando la cajetilla viajaba ya en dirección al bolsillo, y con un gesto cargado de indecisión, le ofreció a ella, que no dudó en aceptar y que contribuyó además a la ceremonia aportando el fuego. Julio respiró hondo e inició una conversación casual, repleta de lugares comunes, a la que la mujer se plegó sin dificultad. Curiosamente, daba la impresión de que ambos se empeñaban en resultar especialmente banales, como si lo primordial fuera hablar, con independencia de lo que se dijera.

Julio sintió en seguida que sus nervios se aflojaban, pues la conversación le proporcionaba una suerte de paz, a la que instintivamente habían tendido sus intereses desde que viera por primera vez a la mujer. Tenía la impresión de que sus palabras y las de ella se anudaban, segregando una especie de sustancia viva que, dispuesta en hilos y organizada como una red, unía aquella parte que era común a los dos.

Más tarde, en la soledad agobiante de moqueta y papel pintado de su apartamento, había pensado en todo ello sin creérselo demasiado, aunque notablemente complacido, pues se trataba a fin de cuentas de una sensación estimulante que daba gusto sentir, si no se llegaba a depender de ella. Fantaseó unos minutos con esta última posibilidad, pero se la sacudió en seguida con una sonrisa entre irónica y desencantada.

Los siguientes encuentros no habían sido sino reproducciones más o menos exactas de este primero, con la excepción de aquellos martes o viernes en los que había tenido que compartir a Laura con las dos o tres amigas con las que solía conversar. Aunque sería exagerado decir que ello le molestara. Por el contrario, habían llegado a formar un grupo bastante coherente, en el que Julio se sentía tratado con gran consideración.

Por otra parte, la relación entre él y Laura progresaba de manera secreta, sin necesidad de encontrarse a solas, pues se trataba de una unión clandestina y ajena en cierta medida a sus voluntades.

Julio notaba ese progreso, pero no se sentía amenazado por él. Pensaba que la relación con Laura era una experiencia interna, una aventura intelectual con un soporte externo —el parque, ella, él mismo— del que se podría prescindir en un momento dado sin dañar la idea generada por él. Se sentía seguro allí cada martes y viernes comentando con Laura y sus amigas diferentes sucesos domésticos, cuya gravedad se calibraba con una unidad de medida inventada por él y denominada caseromagnitud. Así, el derramamiento de un café con leche en el sofá del salón equivalía a dos caseromagnitudes, mientras que los catarros de los niños, si llegaban a producir fiebre, eran diez caseromagnitudes. Las riñas con el marido medían entre quince y treinta caseromagnitudes, según su intensidad. De vez en cuando se daba un premio simbólico a aquella ama de casa que hubiera acumulado mayor número de caseromagnitudes que las otras en el transcurso de la semana.

Esta capacidad para reírse de sí mismas, junto a la crueldad verbal con que solían referirse a sus maridos, fascinaban a Julio, cuya solidaridad con ellas era —además de un sentimiento— una táctica que le permitía permanecer junto a Laura con el apoyo más o menos explícito de sus amigas de parque.

Mientras tanto, los niños jugaban algo alejados del grupo adulto, al que no solían acercarse más que para plantear alguna cuestión relacionada con la propiedad de un objeto o con una agresión, que las madres resolvían con sorprendente rapidez e injusticia. Laura tenía una hija de cuatro años, Inés, que a veces se acercaba a Julio y clavaba en él una mirada inquietante, con la que se convertía en involuntaria partícipe del movimiento clandestino, y no expresado, que unía a éste con su madre.

La relación secreta, pues, había ido creciendo, sin que Julio llegara a advertir sus verdaderas dimensiones, hasta el último fin de semana, cuyo tránsito al lunes no había estado protegido por el habitual encuentro de los viernes.

De ahí que este martes de finales de abril penetrara en el parque lleno de expectativas y temores, después de tres días de inquietud, incertidumbre y desasosiego que habían añadido a la búsqueda un ingrediente pasional, perfectamente combinado con unas condiciones atmosféricas muy aptas para la recuperación de sabores antiguos, tales como el amor o la desdicha.

Vio a Laura en la zona habitual, junto al único sauce del pequeño y despoblado parque. Respiró hondo y ensayó varios gestos de indiferencia en lo que se acercaba. Inés le miró desde lejos, pero volvió la cabeza antes de que Julio pudiera realizar un gesto de ficción, de afecto.

—Hola, Laura —dijo sentándose a su lado.

—Hola. ¿Traes el periódico?

—Sí.

—Quiero ver una cosa.

Julio le pasó el periódico y ella, dejando a un lado la labor, empezó a mirar entre sus páginas como si buscara algo muy concreto. Julio, entre tanto, se tranquilizó; la sensación de amor o de necesidad se rebajaba notablemente frente a la presencia de la mujer.

Estaban aislados y la tarde era hasta tal punto hermosa que no era difícil llegar a pensar que la soledad de los meses anteriores había sido un accidente, una casualidad prolongada, que, como las demás cosas de la vida, estaba a punto de alcanzar su fin.

—¿Qué pasó el viernes? —preguntó.

—La niña no estaba bien; un catarro primaveral seguramente.

—Yo también estoy un poco acatarrado estos días. ¿Tuvo fiebre?

—Sí, unas décimas.

—Eso son diez caseromagnitudes. ¿Y tus amigas?

—Han ido al cine con los niños.

—¿Y tú?

—Yo no.

Sonrieron brevemente.

—¿Qué buscas en el periódico? —preguntó Julio después del intervalo.

—Nada, una cosa de televisión.

—Inés está muy bien, muy guapa —añadió Julio observando a la niña, que permanecía alejada de ellos.

—Sí —sonrió Laura agradecida.

Julio continuó mirando a Inés unos instantes, aparentemente interesado en sus juegos; entre tanto, pensaba que al mínimo suceso verbal acaecido entre Laura y él difícilmente podría aplicársele el calificativo de conversación. El intercambio, si se daba, no se producía a la altura de la boca, ni siquiera a la de los ojos, aunque éstos contribuyeran a él de forma decisiva; el intercambio, la conversación, era un acontecimiento difuso, ilocalizable y desde luego ajeno a la voluntad de sus interlocutores. Pero sus resultados eran para Julio palpables y consistían sobre todo en el crecimiento desorganizado de un deseo que se focalizaba en Laura, de un movimiento pasional desconocido u olvidado en las regiones de su pecho.

Por eso aquella tarde, cuando ella anunció que tenía que irse, Julio sufrió un ataque de angustia contra el que no le valieron de nada las técnicas habituales de defensa.

—No te vayas aún —dijo—, estoy muy angustiado.

Laura recibió la información con una sonrisa cómplice que aligeró la carga dramática dada por Julio a la situación.

—Se te pasará en seguida —respondió involucrando a los ojos en el gesto iniciado por la boca.

Después se levantó y llamó a su hija. Julio permaneció sentado, transmitiendo la impresión de estar abatido. Laura se volvió a él antes de irse.

—¿Vendrás el viernes? —preguntó.

—Creo que sí —respondió él.

Dos

Al día siguiente Julio amaneció enfermo. La radio-despertador lo liberó de un sueño pegajoso y sofocante con una canción de amor un poco minusválida o deforme, cuyo estribillo había alcanzado un desarrollo excesivo en detrimento de las estrofas, que, irregulares y delgadas, se arrastraban a lo largo de una composición llena de grumos.

Se incorporó con pesar sentándose en el borde de la cama y se entregó a la tos sin pasión y sin resentimiento. Ese día, por otra parte, las convulsiones habituales estaban adornadas con pequeños dolores uniformemente distribuidos por la superficie del pecho. Las articulaciones de su cuerpo enviaban también leves mensajes de aflicción que invitaban al encogimiento. No obstante, Julio se incorporó y caminó despacio hasta el cuarto de baño, donde el espejo le devolvió un rostro envejecido. Al borde del lavabo sufrió otro golpe de tos que le colocó en una situación algo humillante frente a su reflejo.

Tras el estímulo de la ducha, se sintió un poco mejor, por lo que decidió sacar adelante la jornada con la ayuda de algún antigripal. Sin embargo, mientras se afeitaba con una lentitud que no correspondía a día laborable, detectó en la garganta y en el pecho dos focos de dolor desde los que la enfermedad se expandía por el resto del cuerpo, haciendo estragos en todo su sistema muscular. La breve sensación de bienestar alcanzada en la ducha acabó de esfumarse con el afeitado de la barbilla.

Se dirigió al salón, en uno de cuyos extremos había una pequeñísima cocina empotrada, con idea de prepararse el desayuno. Entre tanto, tragaba saliva una y otra vez para calcular el estado de su garganta.

Estaba mal.

Cuando al fin se sentó con la taza de café entre las manos, sufrió un ataque de sudor a cuya acción vino a sumarse de inmediato una repentina caída del tono vital, un desvalimiento que lo aplastó contra la silla.

Dejó pasar el ataque y encendió un cigarro, cuyo humo arrasó una garganta al rojo vivo. Entonces el canario —desde la jaula que pendía de un clavo, en la pared— consiguió arrancarlo con su canto del interior de un tubo imaginario, compuesto de anillos cartilaginosos, por el que había comenzado a deslizarse hacia sí mismo. «Creo que tengo fiebre», dijo en voz alta, dirigiéndose al pájaro, que observó a Julio de perfil con una mirada desprovista de opinión o juicio estimativo. Tal neutralidad, a la luz de la fiebre, le pareció a Julio algo siniestra, por lo que intentó romperla con otra frase igualmente sencilla: «Tal vez no debería ir al trabajo», a la que el pájaro respondió a través del mismo ojo y con idéntica falta de adhesión o rechazo. «Pareces un pájaro pintado», añadió esta vez en voz baja, dominado por un temor supersticioso que otorgaba al canario algún poder sobrenatural.

Tras el segundo café, tomó la decisión de quedarse en la cama, y ello le produjo un escalofrío de placer que fue a concentrarse en aquellos lugares en los que la fiebre parecía actuar con mayor eficacia. Observó su mesa de trabajo, donde un escritor imaginario (él mismo) rellenaba de cuentos geniales un mazo de cuartillas, y pensó que quizá la fiebre fuera un buen soporte para el desarrollo de tal actividad.

La búsqueda de un tubo de antigripales por diversos rincones de la casa lo tuvo entretenido aún un buen rato, pero no se sentía ya agobiado ni inquieto, pues una vez tomada la decisión de darse de baja podía permitirse el lujo de permanecer enfermo un par de días e incluso de empeorar si el proceso gripal así lo requiriera.

Entregado, pues, a la fiebre como un adolescente a su primera aventura, telefoneó al despacho y habló con su secretaria.

—Rosa, ¿recuerdas que ayer no me encontraba muy bien?

—No.

—Es que no te fijas en mí.

—Es que no sé quién es usted.

—Soy Julio Orgaz.

—Tienes la voz muy tomada.

—Estoy al borde de la muerte.

—¿Qué te pasa?

—Me duele el pecho y la garganta. Tengo fiebre.

—¿Cuánta?

—No sé; hace dos años estuve enfermo otra vez y se me rompió el termómetro en la ingle.

—¿Tienes aspirinas?

—Couldina, es lo mismo.

—Bueno, anda, llama al médico ahora mismo y métete en la cama a sudar. Y pon otra voz, que los hombres cogéis un catarro y parece que os vais a morir.

—Si hay algo importante me llamas.

—Sí, no te preocupes. Creo que podremos sobrevivir sin ti.

—Gracias, Rosa.

—De nada, de nada. Cuídate.

Después revisó la librería y cogió una novela que dos años antes le había regalado una mujer —muerta poco después en un accidente de coche— y que no se había decidido a leer hasta entonces por una especie de sugestión supersticiosa. La fiebre daba a todos sus actos un carácter de irrealidad especialmente apto para enfrentarse a esa lectura. Afuera el día estaba cálido, húmedo y oscuro; pronto empezaría a llover y daba miedo verlo. Se metió con el libro en la cama, sintiéndose feliz. Muy feliz.

Antes de comenzar la lectura tuvo un recuerdo —una ensoñación más bien— dedicado a Laura. A continuación, y como si con ello intentara reparar una injusticia o reponer un equilibrio, evocó también a Teresa, la mujer muerta que le había regalado la novela que se disponía a leer y con la que había mantenido, hasta poco antes de su muerte, una historia común dominada por la pasión, que terminó por las mismas fechas en que Julio cumplía cuarenta años. A esa edad también se había separado de su mujer y había comenzado a sufrir los trastornos que lo llevarían en unos meses más a la consulta del psicoanalista, donde su salario se deshacía en trozos bajo la esperanza de una recomposición interna que a veces parecía posible.

Comenzó a leer, pues, y al llegar al segundo capítulo observó que la novela estaba subrayada. La idea de que los subrayados fueran mensajes de la mujer fallecida, que le llegaban con dos años de retraso, le produjo un sentimiento de culpa que inmediatamente, de forma algo gratuita, se transformó en un estado de paz.

Poco a poco, a medida que pasaba las páginas a la búsqueda de las frases señaladas, advertía un movimiento de ocupación que el interior del apartamento registraba y manifestaba después con señales dudosas, aunque perceptibles. En seguida todo el ambiente —incluidas las oquedades de su pecho— pareció habitado por una presencia calculadora que daba la impresión de actuar con algún fin determinado.

Continuó pasando, sin leer, las hojas del libro hasta alcanzar otro pasaje cuyas oraciones habían sido destacadas con una línea roja, de bolígrafo. El contenido era banal, por lo que Julio lo leyó tres veces en busca de una clave secreta que justificara el subrayado.

En ese instante la ocupación alcanzaba ya a todos los territorios de su ser. Dejó el libro a un lado de la cama y cerró los ojos para hacer frente a esta acometida. Entonces el aire se espesó, algo interno cambió de lugar y, procedente del salón, llegó hasta sus oídos una especie de aleteo acompañado de algunos golpes secos.

Se incorporó aterrado e intentó gritar qué pasa ahí, pero su garganta estaba bloqueada y sólo pudo articular la frase con el pensamiento. Un impulso, en parte voluntario y en parte instintivo, le hizo levantarse y correr hacia la puerta de la habitación. Se asomó al salón y vio la jaula del canario abierta y vacía. El pájaro, asustado, volaba torpemente de un lado a otro, golpeándose con las paredes y estrellándose contra el cristal de la ventana.

Julio recuperó el aliento y esperó a que el animal estuviera lo suficientemente aturdido para cogerlo con facilidad. Al fin lo vio caer en un rincón, donde quedó encajado entre la pared y el lateral de la librería. Se acercó con aprensión y lo atrapó al tercer intento. El corazón del canario latía al ritmo del terror que expresaban sus ojos. Lo introdujo con cuidado en la jaula, se aseguró de que la puerta quedaba bien cerrada y regresó desfallecido al dormitorio.

En ese instante la ocupación cesó. Las fuerzas que momentos antes parecían invadir el ambiente se retiraron de forma gradual y en el transcurso de unos segundos todo volvió a su ser.

Se metió de nuevo en la cama y guardó el libro en el cajón de la mesilla para no verlo. Cerró los ojos y evocó el rostro de Teresa. Cuando sintió que tenía sus principales rasgos dibujados, éstos sufrieron una leve mutación, un imperceptible cambio en su disposición, y alumbraron el rostro de Laura. Durante un tiempo difícil de medir ambos rostros jugaron a superponerse como si fueran dos apariencias diferentes de la misma persona. Julio recibió atónito, mezclada con el sabor de la fiebre, esta revelación. Tenía cuarenta y dos años y no recordaba haber creído nunca, exceptuando quizá un breve paréntesis adolescente, que los hombres tuvieran más de una existencia; mucho menos que hubiera un orden distinto al conocido desde el que se juzgaran, para bien o para mal, las acciones a las que los seres humanos son empujados por la vida.

Todo ello hasta que, tiempo atrás, conociera a una mujer, llamada Teresa Zagro, de la que se había enamorado con una intensidad desconocida hasta entonces para él. Con ella había compartido algunas tardes de amor en bares clandestinos o en hoteles de cartón-piedra construidos para representar bajo su decorado la trama del afecto: todo era falso en ellos, desde la recepción a la cucaracha del baño.

Fue una época rara en la que la felicidad y la angustia se trenzaban entre sí como las partes de un todo que llamaban amor. La elocuencia no había sido nunca una de las virtudes de Julio, ni siquiera uno de sus defectos; sin embargo, recordaba haber hablado con notable eficacia durante aquellas tardes que habrían de cambiar su vida.

La presencia oscura de Teresa —porque era una mujer oscura desde los ojos hasta el pelo, sin olvidar la franja intermedia por la que discurren las ideas— estimulaba en él el deseo de establecer conexiones lógicas entre asuntos difíciles de unir sin la colaboración de esa sustancia que segregan los afectos.

Con Teresa Zagro, en fin, Julio daba muestras de un ingenio un poco sorprendente, considerando al menos que sus energías creadoras habían estado dirigidas hasta entonces a alimentar a ese escritor imaginario (él mismo), de cuyo futuro parecía depender su vida. Este ingenio, que en los momentos de mayor exaltación personal llegó a identificar con cierta clase de talento, era seguramente propiedad de Teresa, en quien circulaba por canales subterráneos que afluían en él a través de los mecanismos del amor, y se hacía visible aquellas tardes de plenitud —no todas— de las que guardaba la confusa impresión de haber tenido una experiencia aproximada, un cálculo, un atisbo de relación con lo absoluto.

Ella llegaba frágil, frívola, delgada, con diez minutos de retraso al lugar de la cita. Pero llegaba llena de admiración, de amor, y lo abrazaba con su mirada de tal modo que Julio perdía el interés por las cosas, trasladado como se sentía a un espacio físico sin par, que se llamaba Zagro, aunque también Teresa, desde el que lo cotidiano alcanzaba un grado de irrelevancia tal que a veces no entendía que el tiempo se acabara. La clandestinidad, y la escasez ocasional de recursos económicos, nunca llegaron a crear situaciones de incomodidad; no estaba su relación contaminada por el carácter menesteroso y ruin de la vida diaria.

Elegían para sus encuentros bares de jubilados o de jóvenes, y en ellos ocurrían milagros; el primero de ellos consistía en la infatigable elocuencia de Julio, que de vez en cuando se detenía unos instantes para saborear su ingenio, dar un trago, y degustar el brillo de los ojos cautivos de Teresa. Pero de vez en cuando, sobre todo, Teresa alzaba su mano —escondida hasta entonces debajo de la mesa— y le ofrecía con los dedos el producto de una secreción enloquecedora, acaecida en las profundidades de su falda, que Julio lamía con actitud contemplativa, en una suerte de arrebato místico.

Su felicidad no era menor en los hoteles, donde las tardes parecían erigirse sobre la suma de diversos instantes sucesivos y eternos. Sobrecogidos por la dicha, penetraban en la pequeña habitación y ocupaban el lugar más alejado de la cama, en el que permanecían de pie, frente a frente, mirándose perplejos, como espantados por la magnitud del deseo que cada uno de los dos recibía del otro. Julio alcanzaba el cuello de Teresa con sus manos y retiraba un poco el borde del holgado jersey para observar sobre su hombro la tira de esa prenda sutil que protegía y valoraba sus asustados pechos. Entonces ingresaban los dos en un dominio sin otras referencias espaciales que sus propios volúmenes. Dotados de una sabiduría que ignoraban poseer, reproducían fuera del pensamiento antiguas fantasías de amor, juegos adolescentes de sumisión gozosa y de calculada crueldad, en los que cada miembro de Teresa se transformaba en un lugar de estímulo, confirmado por sus sollozos y sus súplicas. La explosión solía sorprenderlos en la alfombra y en actitudes imprevistas, que mostraban la capacidad de los cuerpos para llegar allí donde no alcanza la imaginación, desconcertante enseñanza cuyas consecuencias se resumían para Julio en una suerte de actitud nostálgica frente a la vida que sólo algunas mujeres, ocasionalmente, habían sido capaces de traducir, aunque de forma aproximada.

Sin embargo, el cuadro resultaría incompleto si se negara la existencia del otro ingrediente, la angustia, que se trenzaba con la felicidad para dar lugar al producto al que ambos se referían con el nombre de amor. Porque lo cierto es que ni llegaron a ser dioses, ni lograron crear un espacio lo suficientemente hermético como para evitar la entrada en él de determinadas necesidades a las que nunca pudieron sustraerse del todo. Julio pensó después que lo curioso del amor es que suele erigirse sobre la misma carencia bajo cuyo vacío se desploma al cumplirse su tiempo.

La angustia, que en el principio de la relación solía presentarse en estado puro, añadía a sus felices encuentros ese punto de aflicción o desgarro que precisa toda historia de amor. Así, un día de lluvia, una tarde del mes de octubre en la que habían encontrado refugio en un viejo bar, frecuentado por ancianos de café con leche y vaso de agua, el peso de la atmósfera era tal que la conversación no fluía.

Las palabras de Julio formaban grumos o coágulos que su pensamiento no lograba homogeneizar para conseguir una idea. Entonces comenzó a sentir una opresión en un punto del pecho y supo en seguida que se trataba de un ataque de angustia del que intentó defenderse con los mecanismos que solía utilizar en tales casos. Fijó, pues, la mirada en un punto del bar y se quedó inmóvil, como un reptil al acecho de su presa. De este modo el ataque comenzó a remitir en intensidad, aunque se extendió en círculos concéntricos hasta alcanzar la periferia de su pecho.

Teresa, que había advertido lo que pasaba, guardó unos segundos de respetuoso silencio y después le propuso que salieran del bar. Llovía mucho, pero era una lluvia templada y con olor a primavera, a pesar de que el otoño se había manifestado ya con alguna dureza. Corrieron hacia el coche de Julio, aparcado en una calle céntrica de los alrededores, y se introdujeron en él mojados y felices. El ruido del agua sobre la carrocería aumentaba la sensación de refugio y soledad que sin duda buscaban. La angustia de Julio, rebajada ya hasta ese punto en que se llega a convertir en una sensación acogedora, los acercaba y unía como suele acercar y unir el fuego a los amantes.

A los pocos minutos, quizá por el efecto de su respiración o del calor de sus cuerpos, advirtieron que las ventanillas del coche se habían empañado por dentro. Estaban aislados y la intensidad de la lluvia, felizmente, iba en aumento. Comenzaron a besarse, a reconocerse, a través del tacto de la lengua y los labios. Teresa llevaba un jersey fino y algo desbocado en la zona del cuello, lo que permitió a Julio jugar a ver sus hombros, divididos por la delgada línea de su ropa interior. Sus manos actuaban con una sabiduría inconcebible a medida que las de Teresa iban perdiendo fuerza a lo largo de un lento proceso en el que él observaba con avaricia cómo ella se hundía en una situación de agitada pasividad con la que devolvía, multiplicado por mil, el placer que parecía recibir de Julio. Y entonces, en el momento mismo de una de las numerosas explosiones de Teresa, se miraron a los ojos y Julio vio en los de ella una señal de angustia, que mezcló con la suya para añadir a la situación el grado de sufrimiento que todo gozo absoluto suele reclamar.

Sucedió ese día algo un poco extraño, y es que cuando ya no podían más y Julio abatió el asiento para penetrarla, la oyó decir entre gemidos: «He visto un hombre raro.»

Julio miró en seguida hacia las ventanillas, pero a través de los cristales empañados no se veía otra cosa que las gruesas, aunque difuminadas, gotas de agua que contribuían a hacerlos aún más invisibles. Por la acera de enfrente pasó en ese momento una sombra protegida por la forma difusa y grande de un paraguas. Supuso, pues, que Teresa se refería a otro momento del día, o que —enajenada como estaba— no se dirigía a él en esos instantes. Lo cierto es que la frase quedó grabada en la conciencia de Julio como la perfecta expresión de ese acoso indeterminado que padecen todos los adúlteros.

Así pues, la angustia no atenuaba su dicha; la reforzaba más bien o incluso la hacía posible hasta el punto de que Julio no podía imaginar aquella historia sino como el efecto de una carencia, cuya manifestación más elocuente consistía en ese grado controlable de desasosiego.

Pasado el tiempo, sin embargo, el sentimiento de culpa penetró en la angustia, se confundió con ella, se hermanaron, y comenzó una lenta erosión que ambos detectaron en silencio. Así, un día en el que Julio intentaba perder el juicio en los alrededores del cuello de Teresa, ella, súbitamente, dijo: «No me dejes señales, por favor.» La observación, eficaz en cuanto que frenó el impulso, carecía de sentido, porque Julio había sido siempre muy cuidadoso con esos aspectos, que, lejos de actuar como limitaciones, añadían un punto de excitación a sus maniobras. El amor era, desde su punto de vista, la representación de antiguas fantasías y, en consecuencia, la violencia que se ejercitaba en él tenía que ajustarse a las mismas leyes por las que han de regirse los actores. Por otra parte, pensaba que quien deja señales de sí mismo sobre la piel de una mujer casada, lo que persigue es lanzar una afrenta a su marido, o competir con él, actitud que Julio detestaba, pues en su opinión el amante debería saber que lleva siempre un cuerpo de ventaja, y que no es lícito añadir a ese privilegio la miseria de su publicidad.

En este punto, que marcaba un deterioro perceptible, aunque todavía fácil de negar, también Julio contribuyó con su actitud a provocar algunos desencuentros. Un día decidieron ir juntos al cine con el objeto no expresado de airear un poco su relación, que hasta entonces no había conocido otros decorados que los de los bares y los hoteles clandestinos. Eligieron un cine muy céntrico porque a Teresa le gustó el título de la película que ponían en él. Julio se encargó de sacar las entradas con dos días de antelación y le hizo llegar la suya a Teresa, pues habían pensado que por razones de seguridad no convenía que acudieran juntos. Quedaron en encontrarse dentro del cine y cuando las luces de la sala se hubieran apagado ya.

Julio llegó con diez minutos de retraso y el acomodador lo acompañó hasta su butaca. Teresa no estaba en su sitio todavía. Intentó concentrarse en la película, pero en seguida comenzó a pensar que habían quedado en un lugar excesivamente público. El cine estaba lleno y la única butaca libre de su fila era la de Teresa, situada a su izquierda. Comenzó entonces a investigar disimuladamente los rostros de su zona, pero no veía más que oscuros perfiles a los que su imaginación, dominada por el sentimiento de culpa, atribuía alternativamente los rasgos de tal o cual persona conocida. Entre tanto, los minutos pasaban, Teresa no aparecía, y su ausencia comenzaba a crecer de un modo escandaloso. En aquellos momentos de oscuridad y silencio comenzó a sentir que la butaca vacía era la prueba más palpable de su infidelidad, por lo que conjuró el error de la cita realizando dos o tres actos supersticiosos con los dedos. Entonces advirtió un movimiento en la fila, a su izquierda, y vio una sombra que avanzaba con dificultades hacia él por entre la empalizada de las piernas. La sombra se sentó a su lado, pero ninguno de los dos se volvió hacia el otro en busca de un gesto de reconocimiento.

Pasados unos minutos, Julio se tranquilizó y, sin despegar la vista de la pantalla, comenzó a rozar con el codo a su vecina, que respondió a la provocación con una suerte de pasividad prometedora. Por un momento alumbró la fantasía de que no se trataba de Teresa, sino de una amiga suya o de otra mujer enviada a él como un regalo. La idea le excitó, haciéndole olvidar de inmediato todas las aprensiones anteriores, con lo que al poco se encontraba ya dando gusto a sus manos y a sus dedos, hábilmente camuflados bajo el peso de la gabardina. Mientras tanto, pensaba que todo adúltero está expuesto a padecer tal clase de reduplicación, pues cuando una relación ilícita comienza a institucionalizarse surge la enfermiza necesidad de ser desleal también respecto a esa relación. «La vida es eso —dijo despegando los labios sin emitir ningún sonido—, una loca carrera hacia un objeto que siempre queda más allá; en ocasiones, más allá de la muerte.»

El caso es que ya había conseguido levantar el vuelo de su falda hasta la cintura, mientras ella colocaba la mano derecha en la zona más quebradiza de su cuerpo, cuando un acontecimiento indeterminado (el olor de un perfume, algo sucedido en la pantalla, o un movimiento de algún espectador cercano) lo devolvió bruscamente a la realidad, a la angustia, al sentimiento de persecución. Comenzó a retirar sus manos y a separar su cuerpo del de Teresa, quien —quizá decepcionada por este cambio brusco en el comportamiento de su compañero— se levantó y se fue sin decir nada para vergüenza y alivio de Julio.

Pasó algún tiempo sin que ninguno de los dos intentara localizar al otro. Finalmente, Julio la telefoneó un día a su trabajo y quedaron en verse por la tarde. El encuentro fue tenso y desigual. Julio le confesó en seguida que se había separado de su mujer, y eso le colocó en una situación de desventaja, pues el mensaje que parecía circular por debajo de tal información era de desamparo y soledad más que de libertad o independencia.

—¿Por qué os habéis separado? —preguntó ella.

—Bueno —dijo Julio—, fue una iniciativa suya. En realidad lo venía diciendo desde hacía algún tiempo, pero mientras tú y yo nos veíamos conseguí frenar el impulso. Sin embargo, a partir de nuestra ruptura, el matrimonio dejó de tener sentido para mí.

—El adulterio es la base de la familia —dijo Teresa con cierta crueldad.

Julio sintió que había perdido su elocuencia y que el contacto con Teresa ya no producía esa sustancia de la que en otro tiempo se había alimentado su ingenio. Por otra parte, advertía en el comportamiento de la mujer un reproche no manifiesto que al llegar a él se traducía en culpa y en nostalgia; culpa de haber permitido —y fomentado quizá— el deterioro que los condujo al fin, y nostalgia de aquellas tardes irrepetibles en torno a las cuales habían girado las semanas. Se despidieron con alguna dificultad, sin haber llegado a besarse. Julio pretendió imprimir cierto dramatismo a estos momentos finales. Dijo:

—Me gustaría conservar alguna cosa tuya.

Teresa sonrió con ironía y sacó del bolso un libro.

—Toma —respondió—, es una novela. Me faltaba por leer el último capítulo, pero creo que ya no me interesa.

Julio llegó a su apartamento, colocó la novela en la librería, encendió la televisión y se sentó a esperar que pasara la vida.

A los pocos meses recibió una llamada telefónica de una mujer que dijo ser amiga de Teresa. Lo citó en un bar céntrico y le dijo:

—Teresa ha muerto.

—¿Qué dices? —preguntó él desconcertado.

La mujer le explicó que Teresa se veía en los últimos tiempos con un hombre con quien solía emborracharse.

—La semana pasada —añadió— volvían de un hotel de las afueras y se les fue el coche en una curva. El marido de Teresa nos pidió a los amigos más íntimos que no avisáramos a nadie para el entierro. Yo conocía tu existencia porque ella me había hablado mucho de ti. Me pareció que debías saberlo.

—Gracias —dijo Julio—. ¿Y él?

—¿Quién?

—El que viajaba con ella.

—Está hospitalizado con todo el cuerpo roto, pero parece que saldrá adelante.

—¿Tienes su teléfono o dirección?

—Creo que sí. Espera.

La mujer hurgó en su bolso y sacó una agenda. Apuntó una dirección en un papel y se lo pasó a Julio que, una vez que lo tuvo en la mano, no supo para qué se lo había pedido. Se lo guardó de todos modos y añadió una última pregunta.

—¿Quién llevaba el coche?

—Él.

Salió del bar agotado, como si hubiera hecho un gran esfuerzo físico. Hacía frío y el suelo estaba sucio. Caminó hacia su coche, situado en un aparcamiento cercano, con la impresión de haber asistido al último acontecimiento importante de su vida afectiva. Enumeró de memoria, y por orden cronológico, las renuncias personales a las que había asistido en sus cuarenta años de existencia y se sintió muy débil y muy frágil, y le entraron unas ganas insoportables de llorar. Pero logró contenerse.

Un parado se le acercó en un semáforo y le pidió un cigarro. Julio mantuvo la mirada fija en el parabrisas mientras lo mandaba a la mierda. Entonces comenzó a oír, como si vinieran de lejos, los primeros compases de «La Internacional». La música se fue acercando, pero Julio no conseguía ver de dónde procedía. El volumen llegó a alcanzar un punto excesivo, como si las voces y los instrumentos estuvieran escondidos en algún lugar del interior del coche. Volvió la cabeza a uno y otro lado y en ese instante cesó el sonido.

Durante las semanas siguientes estuvo a punto de enloquecer. Actuaba como si le hubieran descubierto una enfermedad mortal y sus días estuvieran contados. Tomó algunas disposiciones de cara al reparto de sus escasos bienes y escribió a su hijo una larga e insensata carta, que depositó en la notaría, para que se la hicieran llegar al cumplir los dieciocho años.

Solía despertarse por la noche con los ojos hundidos y la garganta seca y con el pecho oprimido por un nudo de angustia. Una sensación de enorme fragilidad se apoderó de todo su ser. Le parecía milagroso atravesar dos calles sin haber sido fulminado por la enfermedad o sobrevivir a las terribles tardes de los domingos sin que el dolor de su pecho se resolviera en una explosión definitiva.

Entre tanto, los compases de «La Internacional» parecían haberse refugiado entre los pliegues de su cerebro, donde permanecían dormidos hasta que en el momento menos oportuno despertaban, haciendo caminar a Julio, que asistía al espectáculo con los ojos desorbitados, tras de antiguas banderas y olvidados impulsos.

Pronto comprendió que no se iba a morir o al menos que no iba a ser enterrado, porque los síntomas que anunciaban su fin no tenían las trazas de resolverse en un cadáver. Por el contrario, advirtió que estaba falleciendo para convertirse en otro, y que ese otro usurparía su cuerpo y su trabajo, habitaría su apartamento y adquiriría sus mismos gustos personales.

Conoció la verdad sobre este hecho de forma gradual y alcanzó a comprenderlo en ese punto central de la metamorfosis en el que —sin haber dejado de ser el anterior— ya se anunciaban algunos caracteres del otro. Cuando calculó que el proceso había llegado a su fin, fue al notario y anuló todas las disposiciones que había tomado al comienzo de la transformación. Luego cambió el lugar de algunos muebles en el apartamento e imprimió a su trabajo un ritmo diferente —más eficaz, pero también más frío—, que le valió un ascenso en pocos meses.

Posteriormente tuvo una crisis no esperada que afectó seriamente a su estómago y a su cabeza y que lo condujo, a través del consejo de un médico, a la consulta del psicoanalista. Gracias a esto también había conocido a Laura. De modo que las cosas parecían engarzarse con cierto sentido o, al menos, dirigidas a un fin que ponía en relación diferentes fragmentos de su vida.

Ahora, mientras las últimas señales de la ocupación de que había sido objeto se evaporaban, y el pájaro dejaba de moverse nerviosamente en la jaula, Julio se entretenía en superponer y confrontar los rostros y los cuerpos de Teresa y de Laura. Curiosamente, cuanto más diferentes parecían, mayor era el grado de esa rara unidad que momentos antes le había sido revelada. Estoy enamorado, pensó, y ahora sé que la primera vez que vi a Laura me produjo la impresión de que procedía del otro lado de las cosas.

Después cerró los ojos, se encogió un poco más sobre sí mismo y se durmió invadido por la fiebre y excitado por el recuerdo de la mujer del parque.

Tres

Cuando sonó el despertador, Laura se incorporó nerviosa, desconectó la alarma y observó unos instantes a su marido, que se había desplazado hacia el centro de la cama y dormía aún profundamente dentro de su pijama arrugado y azul.

Llegó hasta el baño sin haber efectuado aún ningún esfuerzo por recuperar el dominio de los párpados y se estuvo mirando en el espejo para ver cómo era su rostro al amanecer. Intentaba observarse desde la perspectiva de otro, desde la perspectiva de Julio exactamente, con el objeto de comprobar si los fundamentos de su posible atractivo prevalecían sobre las ocho horas de sueño al lado de Carlos. Afortunadamente, el espejo no reflejaba el mal sabor de boca ni la punzada nerviosa del estómago, ni la sensación de haber sudado, que atribuía a la incipiente gordura de su marido. Se cepilló los dientes y tras ordenarse disimuladamente la melena volvió a mirarse, valorando ahora también los hombros, el rectángulo del escote y el pequeño volumen de sus pechos bajo la tela del camisón flexible y blanco. El examen, en general, le pareció satisfactorio.

Después puso la cafetera y despertó a su marido, que preguntó:

—¿Ha sonado ya el despertador?

—Sí —respondió ella—; nunca lo oyes.

Miró la hora. Eran las siete y media. Hasta las nueve, más o menos, no se quedaría sola, y aún tenía que ocuparse de vestir a su hija y de bajarla al portal, donde la recogería el coche del colegio.

Carlos llegó a la cocina con los ojos un poco cerrados y se dirigió mecánicamente al lugar de la mesa donde su mujer solía colocarle el café.

—¡Qué sueño! —dijo sin obtener respuesta. Y añadió tras un intervalo razonable:

—¿Te pasa algo, Laura?

—Nada. ¿Por qué?

—No sé. Llevas una temporada un poco tensa. No hay manera de acercarse a ti.

—Estoy algo cansada —respondió ella intentando zanjar la cuestión.

—¿Crees que tienes motivos para estar cansada? —preguntó él en un tono razonable, aunque desprovisto de afecto.

—Por favor, Carlos, no soy uno de tus pacientes.

—¿Tú crees? —añadió él con evidente intención sarcástica.

Laura miró el reloj y dijo:

—Voy a despertar a Inés.

Mientras se ocupaba de la niña sonó el teléfono. Lo cogió Carlos y mantuvo una brevísima conversación. Luego se asomó al pasillo y chilló:

—La asistenta, que no puede venir hoy. Tiene a su hijo enfermo.

—Gracias —respondió Laura desde el cuarto de la niña.

Entre tanto los minutos pasaban y de este modo llegaron las nueve menos cuarto. Carlos entró arreglado y vestido en la cocina y se despidió tras de hacerle unas carantoñas a su hija, que desayunaba en ese momento. A Laura le envió un gesto de conciliación que ella no llegó a recibir. Diez minutos más tarde, bajaron las dos al portal y al poco pasó el coche que se llevó a la niña.

Laura subió a su casa, se preparó un café, cogió los cigarrillos y fue a sentarse junto al ventanal del salón, su lugar preferido. La tensión que desde que se despertó había ido invadiendo de forma gradual sus centros de decisión comenzó a retirarse. Al tercer sorbo de café era casi feliz. Entonces encendió un cigarrillo y disfrutó del placer de estar sola, lo que era casi tanto como estar con Julio.

Al poco comenzó a conversar con él en el interior de una fantasía según la cual llamaban a la puerta y ella iba a abrir y aparecía Julio, que le preguntaba en voz baja si se encontraba sola y ella decía que sí y él que no podía resistir hasta el viernes, y que había averiguado de algún modo su dirección. Y ella le invitaba a pasar y le ofrecía un desayuno y juntos fumaban y tomaban café. Y luego ella le hablaba de la vida que había anidado en su interior desde que se encontraran en el parque. Con palabras precisas le explicaba cómo había alimentado esa existencia secreta mientras los meses perdían su posición vertical y caían sin ruido sobre las ambiciones, los fracasos, las inquietudes o los triunfos de la vida diaria. Y cómo se había ido acomodando de manera insensible a las dos existencias —una de ellas oculta— que tenía que arrastrar frente a los otros seres, al parecer dotados de una rara unidad que les permitía invertir su energía en la única dirección en que actuaban. Le contaba cómo había aumentado el amor y cómo la pasión había crecido también a sus expensas, hasta el punto de que el equilibrio entre ambas vidas —descompensadas ya sus fuerzas— comenzaba a quebrarse en beneficio de la que pesaba más, la oculta. Y ella, tan incrédula que era antes, dejó de preocuparse un día por el sarampión de su hija y olvidó el cumpleaños de su marido y abandonó su colección de sellos y a punto estaba de delegar en los demás la responsabilidad de su supervivencia aparente, porque no deseaba otra cosa que instalarse en la zona real y oculta de su ser, donde mantenía diálogos interminables con él, con quien vivía en calles subterráneas y doradas que se abrían en el interior de su dañado pensamiento.

—Es una vida dura —concluyó en voz alta—, dura como un castigo de los dioses, aunque excitante como un regalo del diablo.

Le gustó este final y con él dio por concluida la fantasía. Después miró el reloj y advirtió que apenas había durado veinte minutos. Se sintió abatida, sin fuerzas para comenzarla otra vez. Telefoneó a su madre y mantuvo con ella una conversación trivial, muy centrada en los catarros de Inés. Cuando colgó el teléfono, se arrepintió de haberla llamado; le irritaba depender de ella, pero le irritaba todavía más su incapacidad para cortar estos vínculos que formaban una tela de araña por cuyos bordes se movían las dos en un acecho permanente de sus respectivos comportamientos.

Ordenó algunas cosas al azar e hizo la cama de su hija. Al llegar a su dormitorio decidió acostarse un rato. Le gustaba su casa cuando estaba sola, pensó mirando al techo. Carlos había llegado a convertirse en un huésped incómodo, un extraño, que, sin embargo, dormía junto a ella y era también el padre de su hija.

A los pocos minutos se sintió invadida por un deseo indeterminado que recorrió su piel y aumentó la temperatura de su rostro. Entonces le hizo un hueco a Julio entre las sábanas y comenzó de nuevo a conversar con él. De vez en cuando se retiraba un poco la melena o acariciaba su hombro de tal forma que el tirante del camisón se desplazara casualmente hacia abajo aumentando las posibilidades del escote. Mientras conversaba con Julio, valoraba la estética de estos pequeños detalles, que suponían el ensayo general de una representación que quizá no llegara a darse. Al poco se quedó dormida y soñó que era emigrante en un lejano país. Hacía veinte años o más que había perdido todo contacto con su madre y no sabía si ésta estaba viva o muerta ni en qué lugar. Un programa de televisión se interesaba por su caso y localizaba a la anciana madre, moribunda ya, en un pueblo remoto, situado en el norte de España. El programa de televisión financiaba el viaje de Laura a condición de grabar el momento en que madre e hija se abrazaran. Laura llegaba al pueblo, y era recibida por una comisión oficial que la acompañaba hasta el lecho de la moribunda, donde todo estaba preparado para el emocionante encuentro. Penetraba en la alcoba y se inclinaba sobre la anciana. Ambas se miraban a los ojos y simultáneamente comprendían que se había cometido un error; ni la anciana moribunda era la madre ni Laura la hija. Pero las dos establecían con la mirada el pacto destinado a no decepcionar a los numerosos espectadores —quizá a no decepcionarse a sí mismas— y se abrazaban llorando de emoción.

La despertó el teléfono. Era su madre, que detectó en seguida el aturdimiento de Laura.

—No me digas que estabas dormida —dijo con tono de amonestación.

—Es que la asistenta no viene hoy y estoy un poco cansada —se disculpó Laura.

—Pues, hija, no creo que tengas motivos para estar así. ¿Has hecho la casa?

—A medias.

—Bueno, tienes que arreglarte con Carlos. Ayer he hablado con tu padre y estamos los dos muy preocupados, porque se os nota que no estáis bien.

—Y a ti lo que te preocupa es que se note —dijo Laura agresiva.

—No se puede hablar contigo, hija —respondió la voz al otro lado—. Comprenderás que si nos preocupa es porque os queremos.

—No te metas en mi vida, mamá —dijo Laura y colgó bruscamente el auricular.

Se levantó. El sueño le había vuelto a producir mal sabor de boca. Puso el café a calentar y se cepilló los dientes. Después terminó de arreglar la casa y se vistió la bata para subir a limpiar la consulta de su marido, situada en el último piso del edificio.

Se trataba de un amplio estudio, dotado de grandes ventanales. En la puerta, una chapita dorada decía: *Carlos Rodó, psicoanalista.* Laura pasó la gamuza por la chapa hasta hacerla brillar. Después entró en el estudio y quitó el polvo de la mesa y de los libros. Curioseó el fichero y se tumbó en el diván imaginando que era una paciente. Imaginó también que Julio era el psicoanalista y que la escuchaba situado en un ángulo desde el que ella no podía verle.

De la fantasía pasó al rencor y permaneció en él quince o veinte minutos. El objeto del rencor era su marido y la causa el hecho de que poseyera aquella consulta, aquel refugio personal que invitaba al recogimiento. Se levantó y comenzó a pasar el trapo del polvo por la mesa y la librería. Los cristales estaban sucios, pero no tocaba limpiarlos hasta la semana siguiente. Al salir del rencor entró en la fantasía de que se quedaba viuda. La llamaban por teléfono del hospital en el que trabajaba Carlos y le decían que su marido estaba muy mal.

—¿Es grave? —preguntaba ella.

—Piense en lo peor —le contestaban con cautela.

Lo había matado un infarto. Ella, evidentemente, nada tenía que ver con el hecho; sin embargo, empezó a sentirse culpable y tuvo que escapar de la fantasía antes de utilizar su viudez como hubiera deseado.

Al fin, salió de la consulta y bajó las escaleras hasta su casa. Antes de abrir la puerta notó un fuerte olor a quemado. Entró corriendo en la cocina y apagó el gas. El cacharro en el que había colocado el café estaba negro y el esmalte del fondo se había cuarteado. Entonces se apoyó en la nevera y lloró con desconsuelo unos minutos. Luego pasó una bayeta por la cocina y volvió al salón. Abrió el buró, situado cerca del ventanal, y de un departamento secreto, escondido detrás de los cajones, sacó un diario. Se sentó y escribió:

«Se me ha quemado el café. Es la segunda vez que me pasa algo parecido esta semana. Si no tengo cuidado con estas cosas acabará ocurriendo una desgracia. Ahora vengo de arriba. He estado reflexionando en el diván de Carlos, o de sus pacientes, y he llegado a la conclusión de que lo único que me quedaba (y que tampoco era exactamente mío, puesto que me refiero a la capacidad adquisitiva de mi padre) también me lo ha arrebatado Carlos. Porque el dinero para pagar el estudio donde se ha puesto la consulta salió del bolsillo de mi padre.

»No quiero echarle la culpa a él de todo lo que me pasa. Pero lo cierto es que me siento saqueada, vampirizada. Desde que nos casamos toda nuestra vida se ha organizado en función de sus intereses, de su carrera. Yo he ido renunciando poco a poco a mis aspiraciones para facilitarle a él las cosas y ahora que empieza a triunfar soy incapaz de ver qué parte de ese triunfo me correspondería a mí. Claro, que yo podría haber hecho como otras compañeras que se casaron y no por eso dejaron de trabajar. Pero Carlos, muy sutilmente, me fue reduciendo a esta condición de ama de casa quejumbrosa, justo la imagen de mujer que más odio.

»Y ahora ya soy mayor para ponerme al día. Una mujer necesita ganarse un salario para no acabar siendo una asalariada de su propio marido. Claro, que las cosas no parecen así. Mi marido y yo somos una pareja en cierto modo envidiable. Él es un buen profesional y yo tengo estudios universitarios. Y tuve un trabajo que dejé, porque me gustaba la casa y la familia, etcétera. Todo es mentira. El parque está lleno de mentiras.

»Por error he escrito *el parque está lleno de mentiras,* cuando quería decir *el mundo está lleno de mentiras.* Pero no sé si hablar del parque todavía y nombrar a J. En otras páginas ya he aludido a él de forma incoherente. Por cierto, que tengo que atreverme a preguntarle que por qué los martes y los viernes y no cualquier otro día de la semana. De todos modos, esta tarde, aunque no es viernes, pensaré que puede aparecer con sus andares de pájaro y su mirada de hurón. Y ya no quiero hablar más de él, porque a lo mejor escribo alguna imprudencia.

»Ayer por la noche, haciendo punto, comprobé que si mezclas abstracto y concreto sale abscreto y contracto, pero si mezclas vida y muerte sale vierte y muda; en cambio, si mezclas arriba y abajo sale abajo y arriba. Tengo problemas con cielo e infierno, que resulta cifierno e inelo, que no significan nada. Sin embargo, razón y corazón da razón y corazón. En fin.»

Cerró el diario y lo guardó en su escondite. Miró el reloj y fue a descongelar la carne. Después se sentó frente a la mesa camilla y cogió la labor del

interior de un cesto de mimbre situado en el suelo,
junto a la butaca. Comenzó a mover las agujas y a
pensar, de manera que al poco había conseguido
tejer tres ideas y cuatro o cinco fantasías, aparte de
un palmo del jersey que le estaba haciendo a Inés.
Luego se concentró y, apoyándose en el ritmo que le
marcaban las agujas, fue diciendo «tanto monta
monta tanto amanece más temprano; año de nieves,
ganancia de pescadores; reunión de pastores, pero
no ahoga; cuando Dios cierra una puerta, ríase la
gente...».

Cuatro

El viernes no se encontraba bien, pero la fiebre había desaparecido, de manera que decidió ir a trabajar. No soportaba la idea de sufrir otro día bajo los cuidados de su madre. Y es que el miércoles, en plena crisis de fiebre, y después de la experiencia del pájaro y el libro, le había despertado una suerte de trajinar en el pequeño salón del apartamento. Como salía de un sueño un poco complicado y tenebroso, sintió un vuelco en el corazón y una tenaza en la garganta.

—¿Quién anda ahí? —articuló al fin.

—Soy yo, hijo —respondió su madre asomándose al dormitorio—. Te llamé al despacho para recordarte que mañana es el cumpleaños de tu padre y me dijo Rosa que estabas enfermo. Estoy ordenando todo esto para cuando llegue el médico. No quería despertarte.

Julio se arrepintió por tercera vez en ese mes de haber tenido la debilidad de darle a su madre una llave del apartamento.

La mujer entró en el dormitorio y comenzó a ordenar las cosas con gestos eficaces y mecánicos. Después le alisó la colcha y, con idéntico gesto, acarició la cara de su hijo, de la que no desaparecieron, sin embargo, las primeras arrugas.

—Estás ardiendo —dijo—. Habrás avisado, me imagino.

—¿A quién?

—A quién va a ser, al médico.

—No.

—Señor, Señor, dónde tienes la cartilla.

Tras un breve forcejeo, Julio se había rendido a los cuidados de su madre, quien, tras llamar al médico, siguió transformando el orden del apartamento. El canario se animó con los ruidos y comenzó a cantar.

—¿Te preparo un café, hijo?

—Mejor un zumo. Tengo la garganta como una pared.

—¿Hay naranjas?

—Limones. En la nevera.

El dolor, localizado a primera hora en la garganta, había ocupado durante el sueño la zona donde tenía instalados los oídos y la parte superior de los bronquios. Tuvo miedo de no encontrarse bien el viernes, por Laura y por el psicoanalista. Se incorporó un poco y volvió la cabeza hacia la ventana. Afuera llovía con una densidad anormal. Entonces sonó el teléfono. Su madre corrió al salón, descolgó el auricular y mantuvo una conversación breve, pero complicada, con la secretaria de su hijo. A Julio le pareció que conspiraban contra él, más que por lo que oía, por lo que no escuchaba. Afinó el oído y cogió algunas frases sueltas:

—No había llamado al médico (...) un desastre (...) cualquier día (...) un disgusto.

—... ... ...

—(...) para vivir solo (...) Dónde se ha visto (...).

—... ... ...

—En alguna película (...) los libros (...) ¿Cuánto pagas de luz?

—... ... ...

—Una barbaridad (...) tres lavadoras a la semana. La plancha es (...) tira.

—... ... ...

—No me muevo de aquí (...) comer (...) desastre de hijo.

Cuando colgó el teléfono y entró de nuevo en el dormitorio, Julio le preguntó en un tono neutro:

—¿Cómo puedes hablar así con alguien a quien no conoces?

—La conozco de conversar con ella por teléfono —respondió su madre ofendida.

—No es suficiente para contarle las lavadoras que pones a la semana o lo que pagas de luz.

—¿Ah, no? ¿Entonces de qué tengo que hablarle, de cosas íntimas, de asuntos personales?

—Lo que pagas de luz o las lavadoras que pones por semana son asuntos íntimos, mamá —respondió Julio sin perder la neutralidad.

—Serán asuntos íntimos para ti, que no tienes otra cosa. Además, para que te enteres, fue Rosa la que llamó para decirme que estabas enfermo. Se ve que te conoce bien.

—¿Entonces mañana no es el cumpleaños de papá?

—No, hijo. No se te ocurra felicitarle, que está muy susceptible. Te dije eso para que no te enfadaras con Rosa por haberme llamado.

—No puedo más —dijo Julio refiriéndose al recipiente de dolores en el que se estaba convirtiendo su cabeza.

—Es que eres un raro —respondió ella, que se había quedado enganchada como de un clavo en el tema anterior—. Todo te parece mal. Las personas están para ayudarse. ¡Qué mala cara tienes! Duerme un poco, anda, hasta que llegue el médico.

Pese a esta recomendación continuó hablando, al tiempo que se movía por la habitación colocando cosas sin estrépito, pero en lucha visible contra el orden que el tiempo, el polvo y la falta de amor habían establecido en aquel dormitorio de hombre solo. Julio se había encogido entre las sábanas con los ojos abiertos. Si los cerraba, aumentaba la corriente de dolor que recorría el breve circuito que iba de la garganta a los oídos, desde donde se desplazaba a la zona profunda de su frente.

Tras colocar en el interior de un paréntesis el volumen y la voz de su madre, observó el dormitorio y tuvo la impresión de que todo el conjunto —incluido él— había sido separado de un proceso general para convertirse en una unidad autónoma situada al otro lado de donde sucedían las cosas. De este modo la habitación, la puerta, la bombilla y su propia madre, que se movía nerviosa de un lado a otro del paréntesis, constituían un jirón del tiempo que, debido a una espesura poco común, parecía durar y reproducirse gratuitamente en el vacío sin intervención de memoria alguna. Transcurrieron unos segundos a través de los cuales la sensación se acentuó, por lo que Julio llegó a pensar que en la otra realidad —la realidad real— estaban muertos ya desde el principio de los siglos.

Las palabras de su madre —ruidosas e incesantes como un grifo abierto— eran, pues, las palabras de un cadáver, pero ello no las dotaba de ningún significado especial. Entonces cerró los ojos y se encogió un poco más sobre sí mismo, mientras en sus oídos, y como si procedieran también de un tiempo clausurado y anónimo, comenzaban a penetrar los primeros compases de «La Internacional».

Lo peor, con todo, había sucedido el jueves a la hora de comer: su madre se había sentado a los pies de la cama tras colocar frente a él la bandeja de la comida, que consistía en una taza de caldo y una pieza de merluza hervida. Al llevarse la taza a los labios percibió un olor antiguo, íntimamente ligado a su existencia y enquistado sin duda en lo más profundo de su memoria olfativa, como a la espera de que una provocación exterior le permitiera romper la cápsula fibrosa en la que había permanecido y expandirse de nuevo a través de la sangre impregnando con su sabor cada uno de los tejidos blandos de su cuerpo. Entonces hizo un gesto de rechazo, al que su madre respondió velozmente:

—Has de comer, aunque no tengas ganas, hijo.

—Está un poco soso —se defendió él.

—Las medicinas, que te han quitado el paladar. Lleva una punta de jamón, un muslo de gallina, que es mucho más sabrosa que el pollo, y zanahorias, puerro, cebolla...

La enumeración de los componentes no hizo sino aumentar el rechazo de Julio, que comenzó a beberlo a sorbos con la impresión de que la mano de su madre había disuelto en él la esencia misma de toda la historia familiar; el olor evocaba algo cercano, pero oculto; se abría como una flor maligna en la superficie de la conciencia e inundaba el ambiente de vapores de cuarto de estar con mesa camilla, sillas de tapicería desflecada y televisor en blanco y negro sobre estantería vulgar de escasos volúmenes encuadernados en piel.

Julio supo que estaba viviendo uno de esos instantes en los que los objetos menos dignos de atención adquieren una relevancia inusitada; uno de esos instantes en los que las propias manos y su prolongación, los dedos, se perciben como tallados en durísima piedra; uno de esos instantes, en fin, en los que las cosas todas manifiestan una autonomía feroz, que las transforma en unidades independientes, y con la que no consiguen ocultar, sin embargo, su condición fragmentaria, sobrevenida por la explosión de una realidad incompleta, por el estallido de un pensamiento lastimado. Pensó que no podría soportar durante mucho tiempo ese modo de percibir las cosas, porque el movimiento más automático de su cuerpo, como era el de cerrar los párpados, se había convertido de súbito en un suceso que parecía exigir cierto aporte de voluntad. Y se cerraban de forma metálica y ruidosa, como las persianas rizadas de las tiendas antiguas. Las propias palabras habían adquirido una solidez de esfera y, de este modo, cargadas hasta el borde de sentido, penetraban por los oídos una tras otra, y cada una distinta, pero unidas entre sí como los vagones de un largo tren, también antiguo.

Con semejante fuerza surgió en él la evocación de lo familiar al oler el caldo. Pero la evocación ya no era protectora ni adaptable a su estado de ánimo; por el contrario, presentaba signos de enemistad al aparecer convertida en el depósito de aquella arqueología personal, cuya sustancia había actuado con mayor eficacia en la desertización de su dañada inteligencia. De este modo su madre —concreción parcial de esa sustancia— se transformaba en una madre falsa que ocultaba bajo una apariencia bondadosa su condición de portadora del mal.

Cuando cedió este ataque de relevancia, se juró que al día siguiente iría a trabajar.

Y así llegó el viernes, un viernes sin fiebre, pero débil por los efectos de una enfermedad que, aunque en retroceso, mostraba aún cierta capacidad para enturbiar los sentidos. Se levantó, por tanto, y se duchó con actitud convaleciente. Se afeitó luego y, mientras el café se calentaba, renovó el agua del canario. La lluvia del día anterior había cesado.

En el despacho firmó un par de papeles, leyó un proyecto y atendió tres llamadas. Una de ellas era de su ex mujer, quien le dijo que el niño necesitaba verle.

—Parece que no tiene padre —afirmó.

Julio hizo una promesa vaga, referida al domingo, aunque advirtió que estaba enfermo y sólo había ido al despacho a liquidar un asunto urgente. A las doce Rosa le pasó un café con leche y una aspirina. Julio le dio las gracias, pero le advirtió también de que no volviera a facilitar nunca más a su madre ninguna información sobre su paradero o su situación personal. A la una le llamó el director y, tras felicitarle por la marcha de las ventas, le anunció que en los próximos días recibiría una prima de gestión. También le dijo que se estaba barajando su nombre para ocupar el nuevo puesto de coordinador de colecciones que el crecimiento de la editorial empezaba a exigir.

—Yo pienso defender tu nombre hasta donde pueda —añadió.

Julio adornó su agradecimiento con el grado de sumisión que requería la noticia y lanzó, como si improvisara, un par de ideas previas, que tenía guardadas desde hacía un mes.

El director mostró con un gesto la satisfacción de haber encontrado a alguien con el perfil del candidato y le habló a continuación de un original de cuentos que venía muy bien recomendado.

—Es éste —dijo abriendo un cajón del que sacó un mazo de cuartillas cosidas por un costado—. Todos los miembros del comité de lectura están de acuerdo en que podría ser un éxito.

Julio tomó el original y lo fue abriendo sucesivamente por una u otra parte fingiendo que leía una frase aquí y otra allá, mientras su jefe le explicaba que el autor era un joven de treinta años con mucho futuro.

—Publicó hace tres años una novela con muy buena crítica.

—¿Cómo se llama? —preguntó Julio.

—Orlando Azcárate.

—Qué barbaridad.

—¿Lo conoces?

—No, pero suena bien. ¿Quién publicó su novela?

—Creo que un ayuntamiento. Ganó un premio, por lo visto. Seguramente no se distribuyó bien.

A continuación el director le pidió que leyera los cuentos y que emitiera un informe. Le aseguró que estaba dispuesto, si Julio no opinaba lo contrario, a hacer un esfuerzo publicitario en el lanzamiento del joven autor.

Julio se retiró a su despacho y permaneció sin hacer nada durante unos minutos. Acarició brevemente la idea de su posible ascenso y se felicitó por la habilidad con que había manejado los hilos de la trama para alcanzar este fin. Le disgustaba, sin embargo, el hecho de que la noticia no le hubiera proporcionado el grado de excitación o de alegría que él había imaginado para cuando llegara ese momento. Estaba a punto de alcanzar por su propio esfuerzo la cúpula del poder de una gran editorial, de una gran empresa, y no sentía por ello un gozo personal, como si las cosas más importantes de la vida dejaran de desearse en el momento mismo de alcanzarlas.

Sí le excitaba, sin embargo, el recuerdo de que esa tarde vería primero a su psicoanalista y después a Laura. Ambos constituían dos espacios de libertad personal, dos lugares en los que podía prescindir de los gestos más cotidianos y vacíos de las intrigas laborales, pero también del simulacro de comunicación que desarrollaba todos los días desde que se levantaba de la cama hasta que cerraba el círculo metiéndose otra vez en ella. Eran dos islas próximas y una facilitaba el acceso a la otra; cada una de ellas producía frutos diferentes, pero complementarios.

El tiempo no pasaba. Entonces Julio tomó el original de Orlando Azcárate y comenzó a leer el primer cuento, titulado *El Concurso*. Se narraba en él la historia de un escritor que cierto día concibe un plan perfecto para asesinar a su esposa, disfrazando el crimen bajo la apariencia de un suicidio. Desalentado finalmente por su incapacidad para llevar a la práctica este plan, decide aprovechar la idea para otro fin: el de escribir un cuento policiaco, que comienza ese mismo día y consigue terminar en dos semanas de trabajo. Satisfecho con el resultado, comete la maldad de enseñárselo a su esposa, quien, lejos de responder a esta nueva agresión dentro del infierno en el que se desarrolla la vida de ambos, le felicita y le anima a presentarlo a un prestigioso concurso literario. El escritor —halagado por esta reacción inexplicable— envía el cuento al concurso y regresa a sus odios y ocupaciones habituales. Al poco tiempo su mujer se suicida reproduciendo con fidelidad las pautas de la esposa del cuento. El escritor comprende que si su relato llegara a ganar el premio adquiriría la categoría de una autodenuncia frente a la que tendría muy pocos medios de defensa. Escribe entonces urgentemente a la organización del concurso reclamando el original. Al cabo de unos días, durante los que el escritor no deja de morderse las uñas de las manos y de los pies, recibe una breve y amable respuesta en la que se le comunica la imposibilidad de acceder a sus deseos, puesto que el jurado ha comenzado a leer y —de acuerdo con las bases— ya no se puede retirar ningún trabajo. Se le sugiere, no obstante, que se ponga en contacto con el presidente del jurado, en cuyas manos está el cuento.

El escritor, sintiéndose presa de una tela de araña inteligentemente urdida, se sobrepone a la desesperación y consigue obtener una entrevista con el presidente del jurado, quien le comunica que ya ha leído el cuento —que, por cierto, le ha gustado tanto que lo piensa defender y votar—, pero que lo ha devuelto ese mismo día a la secretaría de la organización convocante para que lo distribuya al resto del jurado. El escritor lo asesina y a partir de ahí comienza una auténtica pesadilla, en la que el autor del cuento policiaco ha de ir eliminando uno a uno a todos los miembros del jurado, ya que en las sucesivas entrevistas obtenidas con cada uno de ellos se le comunica que el cuento ha sido leído y devuelto. Todos, por cierto, le felicitan antes de morir por lo que consideran un magnífico trabajo.

Julio interrumpió la lectura en este punto y levantó la vista al techo. La historia le sonaba, pero decidió que todos los cuentos policiacos se parecían entre sí. Sin embargo, estaba muy bien desarrollado y brillantemente escrito. Prefirió no leer el final en el convencimiento de que sería decepcionante. No podía creer que Orlando Azcárate hubiera sido capaz de superar en el cierre del relato la calidad obtenida en el arranque y en el desarrollo central.

Sintió una punzada de envidia al tiempo que sonaba el teléfono interior. Descolgó el auricular:

—¿Qué hay? —dijo.

—Julio, me voy a comer. Recuerda que tienes una cita a las cinco treinta.

—Sabes que los martes y viernes tengo inglés.

—Pero te la he puesto a las cinco y media.

—Es que hoy tengo dentista después del inglés. Anúlala antes de irte, por favor.

—De acuerdo, que te sea leve, y cuídate.

Esperó a que su secretaria se marchara y se levantó. Eran las dos y media. La mañana había sido vencida.

Cinco

—He estado enfermo estos días, con gripe. Todavía no me encuentro bien, pero mi madre me amenazó con ir a cuidarme si continuaba en la cama, de manera que he decidido levantarme. La verdad es que tampoco quería faltar a esta sesión ni a una cita que tengo luego con una mujer.

»En la empresa me han dado una prima de gestión y me han recomendado para un puesto importante. Llevo ocho o nueve meses detrás de ese puesto; he perpetrado durante ese tiempo más intrigas que en toda mi vida, y al fin lo he conseguido. Pero la noticia no me ha proporcionado el placer que cabía esperar. Tengo la sensación de que me da lo mismo, a pesar de que he deseado mucho ese trabajo. Debería estar contento, eso es lo que quiero decir.

»He comido en un bar, cerca de aquí, y pensando en todo esto he llegado a la conclusión de que quizá el éxito tenga dos direcciones: una que va hacia arriba —y que es la única que se muestra—, y otra que va hacia abajo y que señala el precio de cada uno de nuestros triunfos personales.

»¿Cuál es mi precio, pues?

»Bueno, ya en otras ocasiones le he hablado de mis ambiciones de juventud, de mi deseo de llegar a escribir y del continuo aplazamiento de este proyecto, que aún no he desechado. También quise ser tuberculoso, pero me faltó talento...

»Bromas aparte, es curioso que no haya podido nunca escribir más de veinte folios seguidos y que, sin embargo, haya llegado a ocupar un puesto de poder en una importante editorial. Yo decido lo que se debe publicar, pero sólo puedo ejercer ese poder sobre las obras de los otros. Los otros tienen la obra y yo tengo el poder. Lo peor es que, si pudiese elegir, no cambiaría una cosa por otra. Conservo aún la fantasía de que las dos son compatibles. Intuyo, sin embargo, que cada éxito profesional en la dirección del poder me aleja un paso más del lugar en el que sería posible la realización de la obra. Tal vez por eso la noticia de mi futuro ascenso no me haya producido tanta alegría como yo esperaba.

»Eso es lo que he pensado durante la comida. En fin...

»Si Teresa y yo hubiéramos seguido juntos, si no hubiera muerto, tal vez yo habría llegado a escribir algo, ella me provocaba intelectualmente... No sé... El caso es que conozco a otra mujer —de la que no le he hablado todavía— que, sin parecerse a Teresa, da a veces la impresión de ser su reencarnación.

»Lo que voy a contarle ahora podría perecerle absurdo dicho por un incrédulo de mi especie.

»El caso es que el miércoles pasado, estando en la cama, tuve una experiencia que —no sin pudor— me atrevería a calificar de sobrenatural. Mientras leía una novela que me regaló Teresa el último día que nos vimos, el apartamento se llenó de una presencia invisible, pero cierta. Entonces el canario se escapó de la jaula y comenzó a golpearse, aturdido, contra las paredes.

»He oído decir que los muertos gastan bromas de este tipo: abren las jaulas de los pájaros, inundan las casas, apagan y encienden las luces, etcétera.

»Finalmente, después de esta demostración, los rostros de Teresa y de Laura —Laura es el nombre de la mujer a la que me he referido antes— comenzaron a confundirse en mi recuerdo. Las imágenes de ambas se superponían, como dos transparencias fatales, haciéndome saber que Teresa se manifiesta en Laura, que Teresa ha ocupado los ojos y los gestos y la risa de Laura para mostrar que aún está aquí y que es posible retomar nuestra historia en otro cuerpo. Recuerdo ahora que una de las primeras veces que vi a esta mujer, a Laura, tuve la impresión de que venía a mí desde el otro lado de las cosas. Y desde que he comprendido esto soy algo diferente. Esta misma mañana, en el despacho, he comenzado a escribir un cuento policiaco que me está quedando bastante bien. Es de un escritor que mata a su mujer; bueno, no la mata, pero de todos modos tiene que pagar por ello. En fin...

»Por otra parte, quería comentarle que he vuelto a escuchar "La Internacional". Hacía más de un año que no la oía y de repente —de forma tan gratuita como desapareció— ha regresado. Y siempre, siempre, me emociona como en los primeros días de mi juventud... Creo que ahora a la emoción se añade un confuso malestar de conciencia, pero también un movimiento nostálgico difícil de calificar.

»Si yo fuera usted y escuchara las cosas que le digo, pensaría de mí que estoy bastante loco. Mi presunta locura, sin embargo, no me ha impedido triunfar en la vida, si triunfar era esto, es decir, la obtención de un salario suficiente, de un poder suficiente, de una autonomía personal suficiente...

»Pero triunfar, tal vez, era escribir, era escribir. Era escribir un libro que articulara lo que sé y lo que ignoro. Mi trabajo y mis inclinaciones me han obligado a leer muchas novelas y he podido advertir que adolecen del mismo defecto que la vida: su radical parcialidad; la existencia y los libros son unilaterales: o bien describen lo manifiesto, o bien se hunden en un falso latente, falso porque suele estar hecho con materiales que pertenecen a lo que se ve. Hay excepciones, claro, pero son las menos.

»Conozco a muchos escritores. Suelen tener un temperamento nervioso y son muy dados al engaño. Todos creen conocer la novela de su vida, pero lo cierto es que apenas saben algo de la mujer con la que duermen. La información que tenemos de nosotros mismos es tan parcial como la de un personaje de novela.

»Cuando mi hijo era pequeño, lloraba mucho por las noches, lo que me obligaba a despertarme varias veces. Solía apuntar el sueño del que me sacaba su llanto, y hubo noches en las que llegué a contabilizar ocho o nueve sueños diferentes. Más tarde, cuando fue un poco mayor y empezó a dormir bien, apenas conseguía recordar un solo sueño mientras me afeitaba. Quiero decir con esto que por las noches, por ejemplo, nos ocurren cosas que necesariamente han de inscribirse en nuestra conciencia —aunque ignoramos de qué modo— obligándonos a actuar durante el día de una u otra manera. Y lo mismo que le hablo de los sueños le podría hablar de los gestos, de las emociones, del envejecimiento imperceptible, de los deseos que no llegan a abrirse.

»En fin.

»Por eso digo que ambiciono escribir una novela donde lo que ocurre y lo que no ocurre se articulen formando un solo cuerpo. El problema sería expresar lo que ignoro y expresarlo sin necesidad de llegar a conocerlo.

»Ya tengo un buen principio: imaginemos a un sujeto maduro que un día, inopinadamente, comienza a escuchar "La Internacional". Y que eso le lleva, como a mí, al diván de un psicoanalista. Y del diván del psicoanalista pasa a los brazos de una mujer que conoce en un parque. Y esa mujer es otra distinta de la que aparenta ser. Y el sujeto...

»Bueno, muchas veces me veo a mí mismo escribiendo esa novela. Estoy sentado en casa, sin hacer nada o mirando la televisión. Entonces comienzo a imaginarme inclinado sobre la mesa de trabajo. Escribo una novela en la que lo que ignoro y lo que creo saber se mezclan hábilmente y toman la forma de un libro que justifica mi vida. Esa novela horada mi existencia y de ella aprendo que el lugar de usted y el mío, por poner un ejemplo sencillo, son fácilmente intercambiables.

»Yo estoy sentado, escribo, y me hago sabio. Así me veo, así soporto la existencia diaria. Me levanto por las mañanas, dedico el día a ganarme la vida, me muevo con soltura entre mis contemporáneos, consigo que la gente me quiera. Ahora, incluso, parezco estar enamorado. Todo ello no tiene otra función que la de alimentar a ese sujeto que se pasa el día sobre mi mesa de trabajo, escribiendo la historia de un incrédulo que padece una alucinación auditiva de carácter marxista.»

El doctor Rodó intervino por primera vez en toda la sesión. Dijo:

—¿Por qué ese empeño, del que ya ha hablado en otras ocasiones, de que todos le quieran o le admiren?

—Porque ese es el modo más eficaz de ocultar el profundo desprecio que siento por ellos. Comprendo que esto, dicho así, podría parecer arrogante. Pero la verdad es que lo que desprecio en los demás es lo que tienen en común conmigo. Desprecio en ellos, pues, lo que no me gusta de mí: la mezquindad, la contradicción, el aliento, la falta de inteligencia, la caspa, las digestiones pesadas y el colesterol, por poner varios ejemplos correspondientes a distintas áreas.

»Usted diría que si aceptara esas carencias en mí las aceptaría también en los demás. Pero es que yo no estoy dispuesto a aceptar de ningún modo que los seres humanos no somos más que un grupo de animales que camina hacia su fin lamiéndose resignadamente las costras.

»Yo, desde luego, no voy en ese grupo. Prefiero morir tres veces más que cada uno de los otros a cambio de una cierta grandeza individual, de un cierto reconocimiento...

»Yo me quiero salvar, por decirlo en términos religiosos, en términos cristianos. Y vislumbro a veces que la salvación consistiría en estar enamorado como lo estuve de Teresa, o como creo que lo empiezo a estar de Laura. Pero también en escribir esa obra, a la que imaginariamente me dedico.

»Llevo años mirándome ahí, sentado, con la paciencia de un sabio, con la vocación de un sacerdote. Y esa imagen me salva, me libera de los estados de ansiedad, me da la paz que necesito frente a las humillaciones de la vida diaria, me coloca, en fin, en un espacio diferente a aquel en el que actúan los otros. Los otros, de quienes no entiendo muchas cosas, pero de quienes no comprendo, sobre todo, cómo soportan la vida si no escriben.

»De nuevo, como ve, desprecio en ellos lo que desprecio en mí.

»Ahora bien, yo —aunque no escriba— me represento a mí mismo sobre un folio, y a veces me pregunto qué diferencia puede haber entre tal representación y el hecho real de escribir. ¿Ese otro que escribe, no narra a fin de cuentas que ahora yo estoy sobre un diván enumerando mis perplejidades a un psicoanalista silencioso? ¿Acaso no narrará después mi encuentro con Laura? ¿No habrá narrado ya mis relaciones con Teresa y su estúpida muerte?

»Es más, ese escritor es el que sabe las cosas que yo ignoro, pero que me conciernen. Y, en consecuencia, es el único ser capaz de articular estos aspectos parciales de mi existencia dentro de un cuadro más significativo.

»Por otra parte, a veces pienso que la relación entre ese escritor y yo puede invertirse en cualquier momento de forma tan gratuita como sucede con el resto de las cosas; basta un golpe de dados para invertir la dirección de la suerte. A lo mejor un día me levanto y comienzo a ocupar su sitio en mi mesa de trabajo y narro cómo nuestro sujeto se despierta y se lava los dientes y le da de comer a su canario, y cómo luego atraviesa la jornada entre la eficacia profesional y las intrigas de despacho. Y cómo, en fin, se defiende del terrorismo de la existencia cotidiana leyendo las novelas de los otros y perpetrando maravillosos adulterios, con los que entra en contacto con el mundo de los desaparecidos, de los muertos.

»Intuyo, de otro lado, que ese escritor que justifica mi existencia es —al mismo tiempo— mi asesino...»

Seis

Cuando salió de la consulta del doctor Rodó la primavera había estallado.

El sol se reflejaba en las ventanas de los edificios, los árboles mostraban los primeros brotes y, en general, parecía que el resto de la existencia podía ser así de luminoso.

Sin embargo, no era ésta la única sensación de la que se tenía que hacer cargo. La fiebre parecía haberse instalado de nuevo en sus articulaciones, y la ansiedad de encontrarse con Laura se había rebajado notablemente, de manera gratuita, tras alcanzar la calle.

En realidad, estaba en desacuerdo con su manera de actuar en la consulta del doctor Rodó; tenía la impresión de haber tocado muchos temas sin profundizar en ninguno, pero le irritaba sobre todo haber caído en la trampa de mencionar a Laura, que hasta entonces había ocupado el lugar más secreto de su conciencia y de su vida.

A todo ello, es preciso añadir el profundo rechazo que había provocado en él la imagen del psicoanalista cuando ambos se despedían ya en la puerta de la consulta, rechazo que tenía un sabor semejante al que había sentido frente a la taza de caldo que le ofreciera su madre el jueves anterior.

En efecto, mientras le daba la mano y se despedía de él hasta el martes siguiente, había tenido tiempo de observar en los hombros del médico unos restos de caspa; luego, al desviar instintivamente la mirada hacia su cabeza, había advertido —también por vez primera— las señales de una calvicie vergonzosamente camuflada bajo un pelo ralo y algo sucio.

De súbito, el doctor Rodó había dejado de parecerle su psicoanalista para pasar a engrosar las filas de los seres menesterosos, desastrados y ruines que se encontraba uno en todas partes.

Mientras cruzaba Príncipe de Vergara en dirección al parque de Berlín evocó de nuevo la despedida y aún hubo de añadir a la escasez de pelo y a la existencia de caspa un rostro lunar atravesado por una sonrisa taimada y unos ojos de mirar oblicuo, como los de un representante que no cree en el producto que, sin embargo, ha de vender.

La imagen, en conjunto, le recordó a la que tenía de sí mismo unos años atrás, antes de fecundar su vida con la de Teresa. Entró en el parque y miró la luz, los árboles, las figuras humanas que a contraluz deambulaban entre el polvo y la hierba. Un registro de su memoria —mal cerrado sin duda— saltó bajo la presión del sentimiento y estalló en pedazos. En uno de esos pedazos podía verse a sí mismo unos años atrás de la mano de un niño —su hijo—, que por entonces era portador de un deseo innombrable, heredero de un futuro que concernía a ambos. Pero el parque era otro, como otros eran los afectos y las ambiciones y la mirada de taladrar la vida.

Como el día anterior, frente a la taza de caldo que le ofreciera su madre, todo remitía al pasado, pero al pasado más rancio, más mohoso, al abandonado en la zona oscura y húmeda de su memoria.

En esto, de algún lugar del parque empezó a venir también un sonido familiar, cercano. En efecto, un coro invisible, un grupo de voces masculinas y femeninas, emocionalmente ensambladas entre sí, parecía entonar el himno socialista. Contagiado del mismo entusiasmo que despedían las voces, y al ritmo fervoroso de la música, descendió hacia la zona del parque en la que solía encontrarse con Laura.

Al verla, la pasión de Julio se disparó de nuevo; el volumen de «La Internacional» se atenuó y la fiebre liberó la tensión de sus músculos y de su mirada. Ella estaba de pie y venía hacia él rompiendo la neutralidad aparente de los anteriores encuentros. Y llegaba vestida de colores, los labios y los ojos pintados, y una sonrisa de la que todos sus movimientos eran cómplices. Por entre las rendijas de su melena veteada se filtraba la luz del sol, y parecía la línea de su cuerpo un resumen de la totalidad de los cuerpos deseados.

Julio perdió la conciencia de sí mismo durante unos segundos y se vio sobre su mesa de trabajo describiendo este encuentro. En seguida un movimiento involuntario en el escote de Laura le devolvió el sabor de las tardes con Teresa. Dijo:

—Eres como una aparición.

Y Laura:

—Vámonos de aquí, he dejado a la niña con mis padres.

Salieron del parque y caminaron juntos, aunque distantes, como si no se conocieran; llegaron hasta el coche de Julio, aparcado en las cercanías.

—¿Vamos a mi casa? —preguntó él.

Ella dudó un instante. Luego dijo:

—No sé, estoy nerviosa. ¿Vives solo?

—Claro —respondió él.

—Sí, vamos. Es el lugar más seguro para mí.

Julio encendió el motor y empezó a conducir. La fiebre pareció aumentar de golpe, concentrando sus efectos en los hombros y en los músculos del cuello, lo que facilitó sin duda el tránsito de la emoción, que nacía en el pecho, hacia la periferia de los ojos.

—¿Quieres que vayamos a otro sitio? —preguntó.

—No, no —dijo ella—, tu casa está bien.

Ambos callaron mientras el automóvil se deslizaba con una naturalidad sorprendente por entre el enloquecido tráfico de la media tarde. Los conductores regresaban al hogar tras haberse ganado la vida honradamente, pero sus rostros —más que cansancio— reflejaban hastío y desinterés, y parecían ajenos a la primavera que acababa de estallar.

Julio pensó que de ese modo, exactamente de ese modo, habría descrito la situación aquella imagen de sí mismo que se encargaba de tomar cafés y consumir cigarrillos, mientras permanecía sobre la mesa de trabajo rellenando folios con la meticulosidad con la que un niño dispondría en el interior de una caja de zapatos sus objetos queridos.

La imagen de la caja de zapatos le gustó y se volvió a Laura con una sonrisa de superioridad inteligentemente atenuada por un tono general de desamparo.

Ella se retiró la melena de la cara con un gesto enloquecedor mientras preguntaba:

—¿Queda mucho?

El coche bajaba ya por López de Hoyos buscando Cartagena, en dirección a la Avenida de los Toreros. La primavera continuaba intacta; el sol parecía dispuesto a no caer.

En esto, llegaron a la casa de Julio, tomaron el ascensor y él, agotado por el esfuerzo narrativo, se preguntó cómo habría quedado contado el trayecto desde el punto de vista de ella.

En el apartamento permanecía todavía intacto el orden impuesto por su madre los días anteriores. La tarde no había comenzado a declinar, pero la luz del salón se había anticipado a la caída y presentaba ya diferentes grumos de sombra en la zona más alejada de la ventana, donde Julio tenía su mesa de trabajo. Sobre ella se apilaban algunos libros, pero había también un mazo de cuartillas y una colección de bolígrafos distribuidos a lo largo del tablero con la precisión con la que un alcohólico habría colocado sus reservas etílicas en un breve espacio rectangular.

Por lo demás, el ambiente tenía la frialdad característica del interior de las casas en los primeros días del mes de mayo.

Julio cerró la puerta tras de sí y dejó sobre la mesa el original de Orlando Azcárate, que había recogido del asiento posterior de su coche. Después dijo:

—Hace un poco de frío.

Laura, entre tanto, había atravesado el salón para dirigirse a la jaula del canario, situada junto a la ventana. Una vez allí, dijo un par de cosas amables al pájaro, que respondió dando un par de saltitos sobre el larguero en el que parecía dormitar.

Entonces Julio se disculpó y entró en el dormitorio, y a través de él llegó al baño, donde se miró brevemente en el espejo. Después observó el bidé y desde él dirigió la mirada a la ducha sin tomar ninguna decisión. Finalmente, se quitó la chaqueta y la corbata, que colgó detrás de la puerta, y tras desabrocharse el primer botón de la camisa fue a sentarse sobre el borde de la bañera. Un escalofrío le recordó que tenía algunas décimas de fiebre, las justas para cortar la realidad a su medida y de acuerdo con el patrón que las circunstancias fueran aconsejando.

En los instantes siguientes pensó en un tema para un cuento: un soltero lleva a su casa a una mujer casada a la que acaba de conocer; la deja en el salón y, disculpándose, entra en el baño, se cierra y se suicida. Tras esperar un rato, la mujer le llama varias veces. Finalmente, intenta entrar en el baño, pero la puerta está cerrada por dentro. Entonces piensa que le ha dado un infarto y huye de la casa olvidándose el bolso. Esa noche, mientras su marido duerme junto a ella, decide que no va a poder soportar la tensión de los próximos días, hasta que descubran el cadáver y el bolso en el piso del hombre. Entonces se levanta, entra en su baño y se suicida. La simetría de ambas muertes —unidas entre sí por la evidencia que proporciona el bolso— se traduce en una apasionada historia de amor que un inspector cansado narra sin pasión a los cronistas de sucesos. O bien él no se suicida, sino que sufre un desmayo; ella, de todos modos, piensa en el infarto y esa noche, etcétera. Entonces él, al día siguiente, tras mirar su carnet de identidad, la llama por teléfono para devolverle el bolso. La policía investiga la llamada, etcétera.

Se levantó con cierto esfuerzo y regresó al salón, donde Laura ojeaba algunos libros. Preparó un café y se sentaron a tomarlo en el sofá.

—Los dos estamos arrepentidos de haber llegado hasta este punto. Los dos tenemos miedo —dijo Julio.

—Yo no —respondió Laura sonriendo arrogante.

—No qué —preguntó Julio como en un eco.

—No estoy arrepentida, aunque sí tengo miedo.

—Miedo de qué —continuó él.

—Miedo de que no sé nada de ti, excepto que me puedes perder.

En ese momento el pájaro cantó.

—Es raro —dijo Julio—, no suele cantar a esta hora.

Ella sonrió, como si aquella rareza fuera un homenaje. Entonces él le tomó la cara entre las manos, contempló con intensidad su rostro y comprendió que aquella melena era el marco de referencia de su vida.

Después se levantaron y comenzaron a abrazarse con cierta desesperación. Julio reconoció el sabor de aquel impulso, de aquella ceguera que lo empujaba galopando hacia un placer total a través del oscuro túnel de la conciencia. Hizo un esfuerzo por controlar la marcha del acontecimiento, por dosificar el deseo, y entonces —desde el otro extremo del túnel— le llegó, quebrada y ronca, la voz de ella que decía:

—¿Quién eres tú?

Esperó a que el eco de la voz se apagara, se imaginó a sí mismo sobre su mesa de trabajo, escribiendo la novela de su vida, y respondió:

—Yo soy el que nos escribe, el que nos narra.

El pájaro volvió a cantar y Julio tomó las riendas del placer.

De acuerdo con un orden preestablecido, con unos moldes de comportamiento a los que su voluntad se plegaba dócilmente, abrió la frontera del escote y se jugó la vida en la visión de la ropa interior, que, lejos de decepcionarle, confirmó lo acertado de la elección a la que el destino le había conducido. No quiso contemplar los pechos de manera directa por miedo a que le cegaran, como la luz del sol a los esclavos de la caverna. Sabía que las sombras eran su territorio, y así, tras quitarle la falda, se arrodilló y, también a través de un tejido sagrado, rindió culto a las formas que completaban aquel cuerpo.

Laura, sumida en una suerte de pasividad nerviosa, preguntaba ahora quién era ella, pues parecía no reconocer sus miembros, ni los límites de su piel, ni las numerosas fuentes que desde sus oquedades internas descendían para bañar los labios y las manos y los ojos de Julio.

La pasión debilitó finalmente las rodillas de los amantes, y ambos cayeron al suelo fulminados por la urgencia. Desde allí —tropezando, besándose— alcanzaron el dormitorio, donde, protegidos por las sábanas, se lanzaron a un abismo en el que sus propios gritos se mezclaban con los gritos de aves espantadas que parecían revolotear, ciegas, en la oscuridad circundante.

Una vez consumada la caída, se buscaron con la mirada los rostros, como si cada uno de ellos quisiera reconocer al compañero de aquel raro viaje. Entre tanto, la ternura y la lástima de sí mismo habían sustituido en Julio —doblemente abatido por el esfuerzo amoroso y por la fiebre— a la pasión anterior. Dijo:

—Qué vida.

Pero lo dijo en un tono tan neutro como la mirada del pájaro, de manera que Laura no recibió ninguna información que le fuera útil para soportar estos primeros instantes posteriores al delirio.

—Siempre me he preguntado —dijo tras una breve pausa de respeto— que por qué los martes y los viernes. A lo largo de este tiempo he esperado que aparecieras por el parque un lunes, un miércoles o un jueves. Pero tú nunca has respondido a esa llamada.

Julio sonrió y la atrajo hacia sí trenzando sus piernas con las de ella. Sentía en las ingles un desamparo tibio que la proximidad del otro cuerpo parecía aliviar. Dijo:

—Tengo mucho trabajo. Los martes y los viernes consigo escaparme del despacho con la excusa de asistir a unas clases de perfeccionamiento de inglés. En realidad no es cierto; voy a tumbarme en el diván de un psicoanalista que tiene la consulta en Príncipe de Vergara, muy cerca del parque.

Completamente dedicado a sí mismo, no advirtió el sobresalto de Laura ni la ansiedad en que iba envuelta su siguiente pregunta:

—¿Cómo se llama?

—Rodó, doctor Carlos Rodó. ¿Por qué?

—Es que yo vivo en Príncipe de Vergara y tengo un vecino psicoanalista. Pero no es ése.

—Pues me cambiaré al tuyo. Podemos organizar citas en el ascensor.

Laura acarició el pecho de Julio y con un tono de voz enronquecido, que era muy semejante al que utilizaba en la intimidad Teresa Zagro, preguntó:

—¿Y le hablas de mí a tu psicoanalista?

—Jamás —respondió Julio—; eres una pasión secreta. Tú perteneces al otro lado de las cosas y gracias a ti puedo comunicarme con ese lado de la vida. No podría contárselo a nadie sin que nos destruyéramos los dos al mismo tiempo.

Callaron ambos bajo el peso de estas afirmaciones, cuyo excesivo rigor atenuaron las caricias. No obstante, pasados unos minutos —y tras una breve expedición de Julio al salón en busca de tabaco—, ella insistió en el tema.

—Prométeme una cosa.

—¿Qué cosa? —preguntó él.

—Que nunca le hablarás de mí a nadie, ni a

tu psicoanalista. Y que si te encontraras en la obligación de hacerlo, no digas cómo me llamo, ni cómo soy, ni de qué me conoces. Habla de mí como si me hubieras soñado, como si fuera una invención. ¿De acuerdo?

—De acuerdo —respondió Julio, que, excitado por las últimas palabras de Laura, navegaba ya por su cuerpo de alambre, que adquiría las formas que le daban sus manos. Acoplados finalmente ambos cuerpos, como se ajusta el vaciado al molde o el sufrimiento a la locura, se miraron buscando cada uno en el otro una percepción más sólida de sí mismo. Entonces Julio advirtió que los ojos de ella parecían cautivos, como si ocuparan provisionalmente un rostro ajeno a aquel para el que habían sido diseñados; eran, más que los órganos de ver o de mirarse, un símbolo de la nostalgia, una huella de su propio pasado en la que parecía posible descansar al fin.

Siete

Carlos Rodó se despertó a las cuatro de la madrugada con la garganta seca. Las anfetaminas, pensó.

El silencio nocturno estaba siendo perforado en ese momento por el ruido de un avión, semejante al del fragor de un trueno lejano.

Su mujer, a la derecha de él, dormía boca arriba. Carlos Rodó dirigió la mirada a la zona del rostro y esperó pacientemente a que sus ojos se adaptaran a la difusa claridad que atravesaba la ventana. Poco a poco, entre las sombras de la desorganizada melena —y en un proceso semejante al que acontece sobre el papel fotográfico sumergido en el líquido revelador—, fueron manifestándose aquellos accidentes faciales cuya suma componía un rostro.

Buscó en los alrededores de los labios, y en las medias lunas donde otros guardan las ojeras, los rasgos de carácter necesarios para dotar de personalidad a aquella cara. Pero el conjunto delataba una suerte de imparcialidad feliz y algo siniestra; era un rostro sin alma, un recipiente hermoso y sosegado dispuesto a albergar de forma sucesiva individualidades diferentes, personalidades alternativas, nombres varios.

Podría ser Teresa, por ejemplo, la amante de un paciente suyo, fallecida en accidente. Pero podría ser también su propia esposa, Laura, aunque una Laura diferente a la que él conocía, una Laura como aquella de la que me habla Julio Orgaz, un sujeto sin memoria que siempre cree que la cita por primera vez. Es cierto que hasta la sesión de hoy no había dicho su nombre, pero no es menos cierto que durante las últimas semanas ha lanzado señales más que suficientes para que yo advirtiera de quién se trataba, Laura, Laura...

Se incorporó en silencio y abandonó las sábanas con el gesto aprensivo con el que un muerto se desprendería de un sudario. Tras calzarse las zapatillas, se dirigió a la cocina, donde se sentó a reflexionar frente a una botella de agua fría. Lo primero que tenía que hacer era quitarse de encima aquel paciente, derivarlo con cualquier excusa a otro colega, y luego ordenar su vida. Es decir, no olvidar que en el éxito profesional obtenido a lo largo de los últimos años Laura había jugado un papel estabilizador importante. Debía recuperarla, pues, y recuperarla con la misma fascinación que sentía cuando su paciente le hablaba de ella.

Luego tendría que analizar despacio qué podía haber ocurrido para llegar a esta situación intolerable. Por lo que se refería a Julio Orgaz, estaba claro que, inconscientemente, en algún lugar oscuro de su laberíntica conciencia, sabía quién era Laura, y, al intentar conquistarla, lo que pretendía no era otra cosa que ocupar el puesto de su psicoanalista. Este era un deseo normal en cualquier paciente; otra cosa es que tuviera oportunidad de realizarlo, aunque fuera de un modo parcial.

Ahora bien, por lo que se refería a sí mismo, como psicoanalista, tendría que explicarse también —y eso era lo más difícil— qué le había sucedido en relación a aquel paciente para no advertir lo que estaba pasando, y ponerle remedio antes de que produjera mayores daños. Quizá tuviera que aceptar entonces que la situación le gustaba hasta el punto de haber llegado a negar los indicadores de la realidad. O, lo que es peor, he sufrido un proceso identificador con este paciente; algo hay en su locura que concierne a la mía, algo de su pasado se relaciona con mi historia; yo he contribuido sin saberlo —o sin querer saberlo— a levantar esta trampa en la que estamos metidos los tres, los cuatro, si incluimos a la difunta Teresa.

En fin. Qué vida.

Años de estudios, de contactos, de oposiciones, de análisis, años de inteligente y devastador trabajo político, para que al final la existencia empiece a hacer agua por el sitio por el que menos se podía esperar. Años, pues, dedicados a una razonable acumulación de poder personal que ahora carece de sentido sin el soporte del amor, del amor, abandonado a los rigores de la intemperie, como la juventud, como el valor moral, como el conjunto de principios bajo los cuales llegué a pensar que debería organizarse la vida. Años de vergüenza también, de llamar a cien puertas para que se abriera una de ellas, de adquirir con dinero fantasías adolescentes no realizadas, años de renuncia; años, en fin, de intercambio, de venta, años de mezquindad, de entrega, de cinismo, que seguramente han llegado a convertirme en lo que más podía detestar.

El agua estaba demasiado fría.

Miró a su alrededor y contempló los muebles de cocina, la nevera, la lavadora, el frigorífico. Luego descendió a los detalles pequeños e informales: un bloc de notas sobre el azulejo italiano, una colección de tarros de cerámica, un calendario de complicada lectura, un cuadro... Deseaba estas cosas incluso cuando las había negado, pero la memoria y la nostalgia hacen una combinación explosiva, destiñen todo lo que tocan. En fin.

Se levantó despacio, salió de la cocina y atravesó el salón a oscuras. El pensamiento es una enfermedad sagrada y la vista un engaño, dijo a media voz. Entró después en el pasillo —la parte orgánica de la vivienda— y se detuvo en la habitación de su hija, que estaba destapada y tenía un pie fuera de la cama. La colocó y cubrió con cuidado y se dirigió al baño, donde se tomó un par de pastillas para conciliar el sueño.

Cuando regresó al dormitorio, Laura había cambiado de postura sin que su rostro hubiera adquirido por eso un mayor grado de expresión. Se acostó junto a ella y acarició su cuerpo como se acariciaría a una estatua de piedra que poseyera el raro don de despertarse. Luego cerró los ojos y, cogido a la cintura de su mujer como a un objeto volador, surcó la noche, atravesó un breve espacio de destellos cerebrales y, tras un ligerísimo movimiento palpebral, entró en un túnel sin paredes, sin oscuridad, sin luz, sin obstáculos. Mientras se hundía en él le vino a la memoria un resto diurno, una conversación escuchada ese mismo día en la cafetería del hospital. El que hablaba era un hombre:

—Yo, en lugar de juzgar a la gente por su cara, la juzgo por sus zapatos. Un día descubrí que me seguían porque en el espacio de una hora vi los mismos zapatos en tres lugares diferentes. Fue el mismo año en el que cayó Juan Luis y en el que yo huí de Francia. A mi hijo lo primero que le regalé fueron unos zapatos.

Ocho

Aquel sábado el mecanismo de la radio despertador se puso en marcha a la misma hora de todos los días. Hablaban de un funcionario desaparecido tras anunciar que se iba a certificar una carta. Parecía un programa de sucesos raros porque a continuación contaron el caso de un empleado de una importante empresa de aviación comercial que había cobrado hasta su jubilación una prima por sus conocimientos de inglés, conocimientos de los que en realidad carecía. Ahora, por una serie de casualidades, lo habían descubierto y la empresa le reclamaba los salarios percibidos por este concepto durante los últimos treinta y cinco años. El empleado, por su parte, aducía que le habría dado lo mismo conocer o no ese idioma, ya que nunca se había visto obligado a usarlo. Cuando entró en la empresa le habían preguntado si tenía ingles; él contestó afirmativamente y percibió por eso unos emolumentos que no estaba dispuesto a devolver. La defensa intentaba sacar el caso adelante aduciendo que el anciano, además de tener ingles, sabía inglés, pero que se le había olvidado por uno de esos trastornos propios de la edad.

Julio alargó la mano y desconectó el aparato. Intentó coger el sueño otra vez, pero el recuerdo de la tarde anterior flotaba ya, escandaloso, sobre la superficie de su memoria. Recordó que le había leído a Laura, en un intervalo amoroso, uno de los cuentos del volumen de Orlando Azcárate, que ahora reposaba sobre la mesilla de noche, tras afirmar que el autor del libro era él.

El cuento se titulaba *La Mitad de Todo,* y lo había elegido el azar. Trataba de una familia pobre, aunque no indigente, cuyos agobios económicos acaban por alterar el sistema nervioso del padre. Entonces éste —tras llegar a la conclusión de que vive por encima de sus posibilidades— decide, en un primer momento, adaptar el ritmo de sus necesidades al de sus ingresos. Tras ajustar ligeramente el presupuesto familiar, pasa unos meses de relativa calma, pero pronto comienzan a acumularse gastos extras que le conducen de vuelta a la situación anterior.

Hace números y llega a la conclusión de que para vivir con cierta tranquilidad es preciso ingresar el doble de lo que se necesita; o, lo que es lo mismo, que las necesidades a cubrir no excedan del cincuenta por ciento de los ingresos totales. Sólo de ese modo se puede hacer frente a los extras que aparecen mes sí y mes no e incluso, con suerte, se puede ahorrar un poco.

Con esta idea en la cabeza reúne a su familia y propone a sus miembros un plan de austeridad encaminado a la consecución de los objetivos económicos señalados. Pero como se trata de un hombre reflexivo y sabe que dicho plan es complicado de realizar sin una normativa clara y de efectos psicológicos inmediatos, decide que a partir de ese día toda la familia reducirá a la mitad —justo a la mitad— todas aquellas actividades que tengan una repercusión directa o indirecta sobre el presupuesto. De este modo, uno de los dos hijos deja de ir al colegio al día siguiente; el otro utiliza el autobús sólo en el trayecto de ida. El padre, que fumaba veinte cigarrillos diarios antes de la promulgación de esta norma, rebaja la cantidad a diez. La madre comienza a comprar la mitad de la comida habitual y, de ese modo, adelgazan, convirtiéndose así en la mitad de sí mismos.

El tiempo pasa y los efectos de esta iniciativa comienzan a dar los frutos deseados: la familia goza de una paz imposible de obtener sin una cierta estabilidad económica. Por otra parte, las medidas reductoras, que en una primera fase de la operación exigen una atención constante, acaban siendo interiorizadas y automatizadas hasta el punto de llegar a afectar a zonas que no guardan relación alguna con la economía. Así, además de comer en medio plato, de multiplicar las mesas dividiéndolas por dos, o de comprar el periódico a días alternos, los miembros de esta rara familia acaban por crecer a medias, enamorarse a medias, triunfar a medias, etcétera. Todo ello les permite, sin embargo, mejorar su situación económica e ir conquistando de forma progresiva la mitad de cosas cada vez más selectas.

En fin, el cuento, en su mayor parte, no era más que una detallada enumeración de todo aquello que se puede dividir por la mitad. No llegaba a pasar nada notable en él; sin embargo, la acción transcurría bajo el peso de una amenaza, como si esa mediana forma de existir tuviera que terminar en una apoteosis de triunfo o de destrucción, cuando terminaba realmente en una paz mediocre, lo cual —desde algún punto de vista— podría resultar mucho más amenazador.

Lo cierto es que a Laura le había gustado mucho, se había reído con él (como se reía Teresa de las historias que Julio inventaba para ella) y le había felicitado finalmente animándole a publicar el volumen. Julio se había sentido halagado por esta actitud y no había tenido ningún remordimiento por apropiarse, de forma transitoria, de un material que no era suyo. En realidad ni siquiera había llegado a considerar este aspecto.

Ahora, con el recuerdo reciente del amor y de la vanidad satisfecha, no era capaz de decidir si *La Mitad de Todo* se trataba de un cuento bueno o malo. Como aún era pronto y sospechaba que tenía ante sí un fin de semana largo, en el que sería difícil encontrar alivio a la ausencia de Laura, cogió el original de Orlando Azcárate y lo abrió de nuevo al azar buscando el comienzo de un relato cualquiera. Encontró, por casualidad, el que daba título al volumen, *La Vida en el Armario,* y comenzó a leerlo con cierta desgana. Contaba la historia de un sujeto aficionado a robar cosas en los grandes almacenes. Un día es sorprendido por uno de los vigilantes, del que huye combinando rapidez y serenidad para no llamar la atención del numeroso público. De este modo llega a la sección de muebles y se esconde en el interior de un complicado armario de tres cuerpos. Al poco, escucha desde las tinieblas la llegada de unos operarios. Por sus voces, que penetran hasta el interior de la caja con relativa facilidad, comprende que el mueble va a ser trasladado en ese momento.

En efecto, el suelo comienza a moverse y desde el interior del armario el sujeto siente que la oscuridad se eleva y se mueve arrastrándole a él en una dirección imprecisa. Posteriormente algunos movimientos más bruscos le indican que se encuentra a bordo de un camión, que parte de inmediato hacia un destino que ignora.

Durante el trayecto escucha la irrelevante conversación de dos de los operarios, que también van en la caja del camión, mientras piensa en diferentes formas de huir sin encontrar ninguna que le satisfaga. Finalmente se acomoda en el fondo del mueble en la esperanza de que sean los propios hechos los que vayan aportando la solución a este delicado asunto.

Al cabo de un tiempo incalculable —la oscuridad no le permite ver el reloj y las circunstancias le impiden medirlo de otro modo—, el camión se detiene en algún lugar y el sujeto, con el armario a su alrededor, es trasladado a lo que parece el interior de una vivienda. Una señora de voz firme, pero quebradiza, da instrucciones a los operarios y les indica el lugar en el que debe ser colocado el mueble. Tras unos cuantos golpes y movimientos bruscos, el armario se queda quieto y se hace un silencio total.

El sujeto espera unos instantes de seguridad y, cuando ya se dispone a abandonar su refugio móvil, escucha el taconeo creciente de unos zapatos femeninos. Por fortuna, los extremos del armario tienen una forma torturada, que los dota de una especie de recodo en el que el sujeto puede ocultar la mitad de su cuerpo. Los pasos se detienen, la cerradura gira y una luz escandalosa —proveniente del cuerpo central— ilumina el interior del colosal mueble.

Desde el recodo se empieza a escuchar el canturreo de una mujer que apenas asoma el perfil de su rostro para tomar posesión de aquel espacio interior. El taconeo se aleja brevemente y regresa al poco sin que el sujeto sea capaz de atribuir un significado racional a los ruidos que se suceden en el exterior. Al rato, sin embargo, una mano de dedos largos y finos entra por la parte superior de la puerta abierta y deposita en la barra una percha de la que cuelga un traje de mujer.

El interior del armario se va llenando de trajes y camisas que segmentan la oscuridad y van poniendo una distancia incalculable entre el sujeto y la mujer. Cuando la operación termina, la puerta se vuelve a cerrar y durante un tiempo de nuevo incalculable el hombre permanece sentado, acariciando de manera mecánica el vuelo de una falda de seda.

Después, los mismos pasos de antes, oscurecidos o nublados ahora por otros de sonido más sordo, menos neto, se acercan al armario entre un rumor de voces que posee la misma calidad de los zapatos. La puerta se abre y la mujer muestra orgullosa a un hombre el trabajo de relleno que ha hecho con el mueble que él le ha regalado. El hombre ríe, aprueba, elogia, pero se aprecia en su voz un tono indiferente, como de marido, cuyos principales intereses no reposaran ni fuera ni dentro del armario.

El matrimonio se retira a cenar no sin antes cerrar la puerta del mueble, cuyo golpe parece hundir al sujeto en un hondo pozo de silencio y oscuridad. Ahora, quizá, podría huir. Cuenta con un tiempo razonable para investigar dónde se encuentra y elegir la solución más sensata. Sin embargo, es incapaz de moverse. Está sugestionado por la voz de aquella mujer y por la seguridad que le proporcionan las paredes y la ropa del armario. Conjetura que se encuentra en el dormitorio de la vivienda y decide esperar a que la pareja se acueste para volver a sentir la emoción de escucharla. Recuerda su mano, el movimiento delicado y seguro de la muñeca al colocar las perchas y se estremece frente a aquella poderosa presencia de la que sólo conoce un miembro, una voz y un modo de hacer ruido al caminar.

Llegado a este punto, Julio cerró el libro sin señalar siquiera la hoja en la que había interrumpido la lectura. El cuento había comenzado a gustarle demasiado, lo que le resultaba insoportable. Aunque aún era pronto, y el sábado parecía extenderse frente a él como un desierto difícil de atravesar sin perecer, decidió levantarse de la cama y darse una ducha.

Después cambió el agua al canario, se preparó un café y, al sentarse, volvió a notar algunos síntomas de fiebre en las articulaciones de su cuerpo. Se colocó el termómetro y comprobó, sin embargo, que la temperatura era normal. La fiebre se había ido, pero los síntomas permanecían. Miró la hora y sintió vértigo. Entonces sonó el teléfono.

—¿A qué hora vienes a buscarme? —le preguntó su hijo desde el otro lado del hilo.

Julio reflexionó unos instantes y, finalmente, respondió:

—Estoy enfermo, hijo. He estado toda la semana con gripe y todavía tengo fiebre. Lo dejamos para otro día, ¿de acuerdo?

—No, si a mí me da igual —respondió la voz del niño, una voz que Julio apenas reconocía—. Es por mamá.

—¿Qué le pasa a mamá?

—Pues lo de siempre, que dice que parece que no tengo padre y esas cosas.

—¿Está ahí tu madre?

—No, ha bajado por el pan.

—¿Y tú qué piensas?

—¿De qué?

—De lo que te dice tu madre, hombre.

—A mí me da igual.

—¿Te da igual no tener padre?

—Pues sí, para lo que sirve un padre...

—Bien, hijo —respondió Julio con dificultad—, tenemos que hablar de eso... Otro día, ¿de acuerdo? Dile a mamá que estoy enfermo y que ya me pondré en contacto con ella la semana que viene.

Cuando colgó el auricular sintió una oleada de calor en el rostro. Se sentía avergonzado y dolido. Se preguntó si quería a su hijo. Sabía que lo había querido como se quiere la parte más débil de uno mismo, pero —desde la separación de su mujer, aproximadamente— había comenzado a ignorarlo como se ignoran o se niegan los fracasos a partir de cierta edad.

Se sintió indefenso frente al sábado, frente al fin de semana, frente a los años que le quedaban por vivir. Entonces pensó que su existencia tenía la forma de un árbol, cuyas ramas representaban los diferentes sucesos que habían dado forma a su vida actual. Imaginó que tenía el poder necesario para podar aquellas ramas que no le gustaban: la de su matrimonio, o aquella otra, por ejemplo, por la que discurría la savia que había dado forma a su ambición de escritor y a su fracaso consecuente. Dejaría intacta, sin embargo, la que representaba a Teresa, de la que surgía ya, con fuerza, un brote que era Laura. Laura era, pues, como un recodo o como una ramificación de Teresa.

El pájaro comenzó a cantar; Julio se levantó de donde estaba y fue a sentarse frente a la mesa de trabajo. Anotó la idea del árbol; inició la historia de un sujeto al que en un momento dado de su vida se le ofrece la oportunidad de seleccionar aquellos acontecimientos que más le interesan de su propio pasado y de eliminar aquellos otros cuyas desagradables consecuencias se han ido prolongando hasta ese momento. Era una buena historia para un cuento, mucho mejor que cualquiera de las de Orlando Azcárate, demasiado artificiosas y delatoras, en definitiva, de una falta de experiencia vital, que el joven escritor intentaba sustituir con un ingenio más propio de un humorista que de un literato.

Comenzó, de súbito, a sentirse fuerte. Advirtió que la sensación febril multiplicaba dicha fortaleza, porque un escritor, un buen escritor, está obligado a poseer alguna quiebra, alguna fisura, alguna debilidad que ponga en cuestión su propio triunfo. La novela es un género de madurez, se dijo, y conti-

nuó escribiendo la historia de *El Árbol de la Ciencia,*
pues tal sería el título provisional de su relato.

Al tercer folio se encontraba agotado, y el
canario no había dejado de cantar. Se levantó, cogió
un trapo y tapó la jaula procurando no mirar al
animal a los ojos. Cuando volvió a sentarse, ya era
otro; la exaltación anterior había disminuido y Julio
fue tras ella inútilmente con intención de rescatarla.
Por fin cedió a la acogedora sensación de fracaso, si
bien esta vez se trataba de un fracaso atenuado por
los tres folios que permanecían sobre la mesa. Se los
dedicó a Laura al tiempo que encendía un cigarro y
comenzaba a recordar el suceso amoroso de la tarde
anterior. Se sentía invadido por la mujer aquella,
poseído por su imagen y troceado por su ausencia,
ausencia que en aquella mañana de primavera y
sábado equivalía a una mutilación íntima, no visible, pero tan eficaz como la falta de una mano frente
al impulso de intercambiar una caricia.

Abandonó la mesa de trabajo y fue a tum-
barse en el sofá sobre el que solía leer o ver la televisión. Desde allí, con los ojos abiertos, se situó en un
punto conocido de Príncipe de Vergara y caminó
hacia el parque de Berlín, hacia un encuentro imaginario con la mujer que el día anterior se había revol-
cado entre sus sábanas y que había formado con su
delgado cuerpo las complicadas arquitecturas que
Julio, incansable, solicitaba de ella. La calle, bajo el
sol, perecía desierta; las figuras humanas y los
coches eran tan tenues como una pincelada de acua-
rela, tan fugaces como una idea sobrevenida en el
tránsito de la vigilia al sueño. Cuando llegó a la
plaza de Cataluña, situada en las estribaciones del
parque, el Julio imaginario era ya para el Julio real
el personaje de una historia de amor y de adulterio.
Moviendo ligeramente la cabeza, fijó la vista en su
mesa de trabajo, en su silla vacía, y se imaginó sen-

tado en ella, describiendo sobre un folio la incertidumbre apasionada de un sujeto que, tras una
sesión de análisis, se dirigía al parque de Berlín en
busca de un encuentro probable con una mujer
casada. De repente sucedió un acierto narrativo que
consiguió arrancar una sonrisa de los labios de
Julio: aquella mujer que bajo la coartada de cuidar a
su hija le esperaba sentada en un banco, y con cuyo
cuerpo había gozado el día anterior, era en realidad
la esposa de su psicoanalista.

La idea le pareció brillante, y tan buena
como foco central de un posible relato que se sintió
repleto de gratitud hacia sí mismo, gratitud que
constituía un modo de reconocimiento a su talento
literario. Ahí había una novela. Se incorporó, por
tanto, lleno de fuerzas otra vez, y se sentó a escribir
con una seguridad que él mismo, en algún momento
impreciso, calificó de peligrosa.

Cuando había llenado medio folio sonó el
teléfono otra vez.

—¿Eres tú, Julio? —preguntó la voz de
Laura.

—Sí, soy yo, soy yo.

—Ayer apunté tu teléfono por si tenía ocasión de llamarte y ahora me he quedado sola un
momento.

—Laura, Laura —dijo Julio—, eres tú. Pensé
que no podría resistir hasta el lunes sin verte o sin
hablar contigo al menos.

—Escucha —dijo ella—, tengo muy poco
tiempo. No quiero que nos veamos en el parque,
puede ser peligroso. El lunes, si tú quieres, iré a tu
casa por la tarde.

—¿A qué hora?

—¿A las seis?

—A las seis. Estaré aquí.

—Adiós, tengo que colgar.

—Adiós, Laura.

Julio permaneció aún de pie unos instantes, como si dudara de que esta breve llamada se hubiera producido. Luego, lleno ya de seguridad en sí mismo, repasó lo que había escrito y decidió que, sin ser mucho, era un buen principio de una buena novela. Se merecía un descanso. Quitó el trapo con el que había tapado la jaula del canario, recogió la cocina y, con un gesto de superioridad, tomó de nuevo el original de Orlando Azcárate. En la segunda hoja, tras el título, venía la dirección y el teléfono del joven escritor. Llamó:

—Don Orlando Azcárate, por favor.

—Soy yo. ¿Quién es?

—Soy Julio Orgaz, de la editorial a la que ha enviado usted *La Vida en el Armario*. Disculpe que le llame un sábado, pero mañana salgo de viaje y estaré fuera dos semanas. ¿Nos podríamos ver hoy mismo para comentar algunas cosas de su libro?

Orlando Azcárate se mostró algo desconcertado, pero accedió con gusto a comer con él. Quedaron citados a las dos y media en un restaurante caro, elegido por Julio. Eran las doce.

Telefoneó al restaurante y reservó una mesa para dos.

Nueve

Julio se había vestido informalmente, pero con prendas que delataban una buena situación económica y un status social que podía cambiar de estética los sábados, aunque sin alejarse demasiado de las normas que el buen gusto marcaba para los días laborables. Con todo, la chaqueta deportiva le estaba produciendo más calor del que había previsto, pero renunció a quitársela porque la camisa azul que llevaba debajo formaba con ella un buen conjunto.

Estaba en el restaurante, esperando la llegada del joven escritor, cuyo retraso comenzaba a irritarle. Pidió una copa y entretuvo la espera dándole vueltas al descubrimiento narrativo de esa mañana. Había, en principio, las siguientes posibilidades:

a)   El paciente habla a su psicoanalista de la mujer que ha conocido en el parque y le da, en sucesivas sesiones, tal cúmulo de detalles sobre ella que el psicoanalista advierte que se trata de su propia mujer. En tal caso, los dos amantes —que ignoran el enredo en el que están envueltos— quedan a su merced.

b)   El psicoanalista no llega a enterarse de que la mujer del parque es su esposa. Pero el paciente y la mujer, hablando de sus vidas respectivas, advierten la coincidencia. En esta segunda posibilidad es el psicoanalista quien queda expuesto a los manejos de la pareja de amantes.

c) Llega un punto de la narración en el que los tres advierten lo que pasa, pero cada uno de ellos piensa que los otros no lo saben. En este caso, todos creen poseer sobre los otros un poder del que en realidad carecen.

d) Ninguno de ellos sabe lo que está sucediendo; de este modo los tres personajes evolucionan, ciegos, en torno a un mecanismo que los puede triturar, uno a uno o colectivamente. Sería el azar y el discurrir narrativo los que decidieran por ellos su salvación o su desgracia.

Julio advirtió en seguida que de esta urgente clasificación básica podrían desprenderse subclasificaciones más complejas. En realidad las combinaciones eran casi infinitas y parecía inútil hacer un esquema antes de ponerse a escribir, pues sería la propia mecánica del relato la encargada de seleccionar, sucesivamente, las diferentes vías hacia las que habría que encaminar la acción.

En esto apareció el maître acompañando a un sujeto delgado, de unos treinta años, que se presentó como Orlando Azcárate. Llevaba una cazadora de aviador, muy vieja, sobre una camisa de safari dotada de amplios bolsillos. Unos pantalones vaqueros y unas botas camperas completaban su vestuario. Su mirada era viva, pero no parecía penetrar en los objetos sobre los que alternativamente reposaba. Se sentó sin pedir disculpas por el retraso, y eligió los platos más caros de la carta. Para beber solicitó agua mineral.

Julio, por su parte, había tomado un whisky durante la espera y pidió para acompañar su comida una botella de rosado. En el segundo plato, pues, comenzó a sentir que no ejercía ningún control sobre la realidad, no porque estuviera borracho, sino porque ésta era percibida por sus sentidos como un magma en el que su presencia personal no alcanzaba mayor relevancia que la de un náufrago en el inmenso océano.

—Es una pena —dijo— acompañar esa carne con agua mineral.

—No bebo alcohol —respondió con sencillez el joven escritor.

Julio pensó que si Orlando Azcárate se hubiera mostrado arrogante habría podido utilizar con él algún tipo de acoso. Pero la verdad es que lo hacía todo —desde llegar tarde a pedir el plato más caro— con una suerte de altivez no afectada, que dificultaba enormemente alcanzar el punto de discrepancia deseado.

—Bien, hemos leído su obra —dijo al fin, a la búsqueda de un lado vulnerable—. Tenemos sobre ella informes muy contradictorios. Es más, yo, que no suelo leer originales, he tenido que echar un vistazo al suyo antes de decidir si se publicaba o no.

—¿Y qué ha decidido? —preguntó de forma directa Orlando Azcárate, en quien las palabras de Julio no habían producido los efectos de sumisión deseados.

—En realidad no lo he decidido todavía —respondió Julio arrastrando las palabras para ganar tiempo—. Tenía interés en conocerte —¿no te importa que te tutee?— para completar el cuadro de impresiones que me ha producido tu libro.

—Yo no tengo nada que ver con la literatura que escribo —replicó con firmeza el joven escritor—. Creo que no sería justo decidir la publicación de *La Vida en el Armario* en función de la impresión personal que pueda producir su autor. ¿Es éste un modo habitual de selección en su editorial?

—No, en líneas generales. Pero cuando nos arriesgamos con algún autor joven, cuya obra no nos acaba de convencer, tenemos que valorar la apuesta, los riesgos de la inversión. En otras palabras, *La Vida en el Armario* delata la existencia de un escritor con futuro. No nos importaría perder dinero con este libro si existieran indicios racionales de que podemos recuperarlo más adelante. Nos gusta, pues, conocer a los autores jóvenes, ver la imagen pública que pueden proyectar, etcétera.

—Ya —respondió Orlando Azcárate. Y siguió comiendo.

Julio dio un sorbo de vino y se dijo lleva cuidado con lo que dices. Se sentía de nuevo algo febril. Debo tener algunas décimas. Miró en torno. El comedor estaba lleno. Las manos y los cubiertos de los comensales adquirieron un relieve especial. El sonido de los cubiertos, al chocar entre sí y al encontrarse con la superficie de los platos, producían una serie de ruidos penetrantes e inconexos. Julio prestó un poco de atención a estos sonidos; entonces la realidad se concentró en ellos y los cubiertos parecieron conjuntarse de tal modo que entre todos ellos comenzaron a producir una melodía conocida.

—¿Quieres postre o café? —preguntó al fin por desbloquear el silencio.

—Postre —respondió secamente el joven escritor.

Julio pensó en asesinar a Orlando Azcárate. Podía llevarlo a cualquier lugar apartado y golpearlo hasta darle muerte. Luego publicaría *La Vida en el Armario* como si fuera suyo. Pero ya no era posible; el original había pasado por el comité de lectura. No obstante, la idea de matar consiguió relajarle. Pidió un whisky después del café y, de súbito, volvió a sentirse satisfecho de sí mismo. Al parecer, la comida le había caído bien, proporcio-

nándole el grado de euforia necesario para rehacer
la conversación maltrecha. Al poco, había confe-
sado al joven escritor que también él escribía.

—¿Y por qué no publica? —preguntó con
sencillez Orlando Azcárate.

—Lo haré en seguida —dijo—, dentro de un
año o dos. Estoy trabajando en una novela un poco
complicada, pero muy intensa, me parece. Hasta
ahora no he querido dar a la imprenta ningún original, porque todos me parecían ejercicios de dedos.
La novela es un género de madurez. Yo creo que si
entre los cuarenta y los cincuenta uno consigue
escribir un buen relato ya puede darse por satisfecho.

—¿Y de qué va la historia de su novela, si no es
indiscreción? —preguntó Orlando Azcárate sin
prestar ninguna atención al juicio hecho por Julio
sobre la edad ideal del novelista.

—No, no es ninguna indiscreción. Carezco
de esa clase de supersticiones. Hay escritores que si
cuentan lo que están escribiendo ya no lo pueden
escribir. A mí me ocurre lo contrario. En fin. Pues es
la historia de un sujeto que ronda los cuarenta años
y al que le empiezan a ocurrir algunas cosas sor-
prendentes. A esta edad, si uno está atento, la vida
se transforma, muestra otro lado. La percepción de
la realidad se modifica.

—¿Cuántos años tiene usted? —interrumpió
el joven escritor.

—Cuarenta y dos.

—Parece más joven.

—Gracias, ahora ya empezamos a entender-
nos —replicó Julio con una sonrisa benevolente—.
El caso es que el sujeto que digo decide ir al psicoanalista, porque en un momento dado le empiezan a
ocurrir cosas raras.

—¿Qué cosas? —preguntó Orlando Azcárate inocentemente.

—Bueno, pues, por ejemplo, algunos días, por las noches sobre todo, tiene ataques de realidad. Es decir, que advierte que las cosas son como son; o sea, que la realidad no da más de sí por más que la disfrace uno de ilusiones, proyectos, etcétera. Por otra parte, comienza a padecer también una alucinación auditiva; escucha en los momentos más inopinados una música profundamente ligada a su adolescencia. Porque en torno a los cuarenta años, si la locura no estalla, se llega profesionalmente a la cima, pero se regresa sentimentalmente a la adolescencia. Bueno, la cosa es que empieza a ir al psicoanalista y a los pocos meses de este hecho conoce a una mujer con la que entra en una relación muy intensa. La mujer resulta ser la esposa de su psicoanalista, pero esto no lo sabe ninguno de los tres. O bien lo saben los tres, aunque cada uno piensa que los otros no están enterados. Como ves, la acción puede evolucionar en distintas direcciones, todas muy productivas.

—Es un buen vaudeville —respondió sonriendo el joven escritor.

El rostro de Julio adquirió de súbito un gesto de espanto ante el que Orlando Azcárate permaneció impasible.

—¿Cómo dices? —articuló al fin.

—Pues eso, que se trata de un juego de enredo, un triángulo, que puede producir situaciones divertidas y tensas. Creo que es una buena idea.

En esto se acercó el maître y preguntó si alguno de los dos era don Orlando Azcárate.

—Soy yo —dijo el joven escritor.

—Le llaman al teléfono.

Cuando Julio se quedó solo comprendió que había perdido los papeles. Todo estaba invertido; hasta la llamada telefónica, que por importancia jerárquica le habría correspondido a él, le había sido arrebatada por el joven autor. Pidió otra copa y se dedicó a frenar un sentimiento de autocompasión al tiempo que en su pecho se formaba una bola de odio cuyo destinatario era Orlando Azcárate.

El resto de la entrevista no fue menos penosa. El joven autor regresó del teléfono con la satisfacción de alguien que acabara de firmar un contrato con Hollywood y siguió conversando con Julio de forma algo ausente y cortés, sin implicarse de forma personal en los temas que artificialmente iban surgiendo. En un momento dado, Julio —intentando decir algo original para salvar al menos los despojos que habían quedado de su imagen— afirmó:

—Yo he notado que las temporadas en las que sudo mucho por las axilas escribo más, como si una destilación provocara la otra.

A lo que el joven autor respondió:

—A mí se me está haciendo un poco tarde.

Julio pidió la nota e hizo un último ensayo para tomar las riendas de la situación. Dijo:

—Bien, te escribiremos un día de estos para comunicarte qué decisión hemos tomado finalmente sobre tu libro.

Entonces Orlando Azcárate apoyó los codos sobre la mesa, adelantó el rostro agresivamente en dirección a Julio y quebrando la dudosa neutralidad que había mantenido hasta ese instante, respondió:

—Mire, señor Orgaz, yo no bebo ni fumo, necesito muy poco dinero para subsistir y carezco de ambiciones personales. Quiero decirle con esto que puedo dedicar todo mi tiempo y todas mis energías a escribir. Y no tengo prisa. Sé que lo hago bien y que, si no son ustedes, me publicarán otros; a lo mejor eso tarda en llegar tres, cuatro o cinco años. No importa. El día que lo consiga tendré éxito y recogeré, multiplicados por mil, los esfuerzos de estos años. De manera que no se preocupe demasiado por mí, no intente protegerme o ayudarme. No lo necesito. Si cree que *La Vida en el Armario* tiene interés, publíquelo al margen de cualquier otra consideración. En caso contrario, devuélvame el original y todos tan amigos.

Julio pagó y salieron. Ya en la calle, y a punto de despedirse, Orlando Azcárate añadió:

—Me parece que no ha pedido usted la factura.

—¿Para qué? —preguntó Julio desconcertado.

—Para pasarla a la editorial —respondió—. ¿Pagan ustedes las comidas de trabajo?

Julio no respondió. Estrechó la mano del joven escritor y comenzó a andar en dirección contraria a la seguida por éste. Entró en un bar y pidió un café y una copa. Acodado en la barra, comenzó a pensar en el tono que debería usar para escribir el informe sobre el libro del joven escritor. Tenía que ser lo suficientemente cruel como para evitar su publicación, pero lo bastante inteligente como para cubrirse las espaldas en el caso de que otra editorial lo editara con éxito.

Al poco, apareció un grupo de jóvenes que entró en el bar con la conversación puesta y que se colocó a su lado. Julio dedujo por algunos retazos de diálogo que eran estudiantes de Bellas Artes. Venían, al parecer, de visitar una importante exposición de pintura y estaban excitados por la muestra. Había entre ellos uno que intentaba impresionar a las chicas del grupo con sus opiniones rotundas. Julio comenzó a odiarlo en seguida. No podía dejar de escucharlo, ni de mirar su estrafalario modo de vestir. Por su forma de hablar, este joven sujeto estaba encantado de haberse conocido y aludía con frecuencia a sus propios cuadros o esculturas para ilustrar sus juicios.

Pagó y se dirigió a la puerta, desde donde, borracho ya, volvió la cabeza y gritó dirigiéndose al joven genio:

—¡Imbécil! ¡Eres un imbécil!

Cuando entró en su apartamento tuvo la impresión de que reinaba allí una paz siniestra. Un rayo de sol entraba por la ventana alcanzando el respaldo de una silla. Olía a caldo. Encendió el televisor y le quitó el sonido. Luego se dejó caer sobre el sofá. No estaba ligado sentimentalmente a aquel espacio, a aquellos muebles. Todo le era a la vez ajeno y familiar; ajeno por la evidente hostilidad que cada uno de los objetos mostraba hacia él, pero familiar porque esos objetos formaban parte de su historia, como el olor a caldo o la compañía muda del televisor.

Sin embargo, el pájaro parecía encontrarse a gusto en aquel reino, como si hubiera tomado posesión de él a espaldas de Julio. Existía entre el animal y los muebles una rara complicidad, que se acentuaba a estas primeras horas de la tarde, de la que Julio estaba ostensiblemente excluido.

Se puso una copa y comenzó a pasear, borracho, de un extremo a otro del salón. Necesitaba un desagravio, una satisfacción. Entonces observó la mesa de trabajo y se imaginó escribiendo esa novela que Orlando Azcárate había llamado vaudeville. Cuando el paciente advierte que se ha enamorado de la mujer de su psicoanalista decide matarlo con la complicidad de ella. Es un crimen sencillo y verosímil. Lo asesina durante una sesión y su mujer se encarga luego de hacer desaparecer su historial del fichero. No era un vaudeville, era una historia dura, apasionante, que ya empezaba a resolverse en su cabeza. ¿Qué mejor venganza que escribir una buena novela?

La idea lo tranquilizó, pensó incluso ponerse a escribir en ese momento, pero decidió que sería mejor dormir unas horas. Luego, por la noche, tras una ducha prolongada, se encontraría en perfectas condiciones para acometer la tarea.

Diez

Aquel domingo Laura se despertó a las seis de la mañana. Su marido dormía pesadamente junto a ella; de manera que se incorporó con cuidado y deslizó los pies hasta el suelo, donde le esperaban unas zapatillas estratégicamente situadas. La casa estaba fría.

Pero ella disponía de unas horas de libertad hasta que Inés y Carlos se despertaran y decidieran levantarse. Se colocó una bata gruesa y tras observar de forma rutinaria el sueño de su hija, llegó al salón, desde donde contempló un amanecer urbano cuyas impresiones memorizó para trasladarlas luego a su diario.

Hizo café y con la taza humeante entre las manos salió a la terraza, ofreciendo su melena y su perfil a la ciudad dormida. El sol comenzaba a levantarse, como un globo, por detrás de los edificios cercanos a Barajas. Miró los tejados, respiró y buscó la línea recta imaginaria que unía su casa a la de Julio.

Después entró en el salón y sacó el diario de su compartimiento secreto. Encendió un cigarrillo, apuró la taza de café y comenzó a escribir:

«He buscado tu casa desde mi terraza. He volado en línea recta sobre los tejados y he llegado a la ventana del salón de tu apartamento. El canario dormía.

»Todavía no te he nombrado en estas páginas. La prudencia y el temor me han impedido contar aquí de qué manera extraña descubrí el viernes pasado la posibilidad de una existencia nueva. He comenzado a tejerte un jersey que nunca te regalaré, pero con el que podré imaginarte cuando lo saque del armario. He madrugado mucho para estar sola, para estar contigo. Todo me irrita, excepto la soledad. Ahora que todos duermen (ahora que duerdos tomen), yo, más que despierta, insomne, te contemplo. Estoy perdiendo la prudencia. No debo escribir esto, no, no debo.

»En realidad, he abierto el diario para anotar que la mezcla de amor y sexo da semor y axo; la de Príncipe de Vergara, Vércipe de Pringara; la de Julio mío, milio Juo; la de tumor maligno, mamor tuligno; la de tumor benigno, bemor tunigno; la de amor secreto, semor acreto. Atoria hismorosa, por su parte, es el resultado de historia amorosa, así como sesión pacreta proviene de pasión secreta o alirio demoroso de delirio amoroso.

»Si consiguiera escribir con alguna disciplina, creo que podría tejer y entretejer las palabras con las misma habilidad con la que entremezclo la lana o el perlé. Ambas actividades exigen un tipo de concentración semejante y un deseo de indagación y búsqueda para las que me siento muy dotada. Por ejemplo: Cados tollan en la dordad ciumida yientras mo tienso en pi...»

En esto escuchó un movimiento al fondo del pasillo y escondió precipitadamente el diario. Los pasos parecían dudar y detenerse junto a las habitaciones; de manera que tuvo tiempo de cerrar el buró, coger la labor del canastillo de mimbre y sentarse en el sofá a tejer con aire ausente y natural.

Carlos asomó la cabeza por la puerta del salón.

—Estás aquí —dijo.

—No podía dormir —respondió Laura.

Carlos se sentó frente a ella, en el sillón. Hizo un gesto para espantar el sueño, otro más para demostrar que tenía frío y, finalmente, mirando a su mujer con toda la intensidad que era capaz de utilizar a aquellas horas del domingo, dijo:

—¿No crees que tendríamos que hablar?

—De qué —respondió.

—De nosotros, Laura, de nosotros.

—No sé, qué pasa —dijo ella imprimiendo un ritmo más veloz a las agujas.

—Mírame, por favor —añadió él.

Laura levantó los ojos de la labor y lo que vio fue un hombre de pelo escaso y mal dispuesto —al que sin duda le olería mal el aliento— enfundado en un pijama de rayas que ella misma había comprado para él.

—Ponte una bata, que vas a coger frío —dijo volviendo a la labor.

—No me quiero poner una bata, quiero hablar contigo —respondió él entre la súplica y la irritación.

—Pues no hablas conmigo hasta que no te pongas una bata, que luego, si te pones enfermo, la que tengo que aguantar soy yo.

Carlos se levantó dócilmente y regresó al poco con un albornoz blanco. Se sentó de nuevo y encendió un cigarro. Laura lo miró y volvió a ver al sujeto de antes, sólo que ahora llevaba una bata blanca y parecía algo más viejo.

—Bueno, qué quieres, de qué tenemos que hablar que es tan urgente.

—¿Te importaría dejar de hacer punto un momento?

—Sí, me importaría —contestó con gesto de crueldad—. Puedo hablar y hacer punto al mismo tiempo.

—Está bien, Laura, ya veo que no estás dispuesta a facilitar las cosas, ya veo que no te importa nada lo que me pase a mí, ni lo que pueda ser de nosotros.

En este punto Carlos se calló y Laura lo vio deslizarse hacia el interior de sí mismo con un leve encogimiento de hombros. En pocos segundos compuso la imagen de un hombre abatido que intentara obtener por medio de la lástima lo que había sido incapaz de ganarse por otros medios.

—A mí no me pasa nada, yo estoy bien —dijo ella.

—No podremos hablar —respondió él— si no empezamos por reconocer lo más evidente.

—Tú reconoce lo que quieras de ti. Yo estoy bien.

—Yo no, Laura. Yo no.

En este punto los ojos de ambos se encontraron y Laura advirtió que era mirada con amor por ese extraño sentado frente a ella, cuyo semblante fue ocupado brevísimamente por un rostro familiar, por un Carlos más joven y del que ella había estado enamorada hasta el punto de renunciar por él a todo.

—Tú tienes tu vida —dijo—, tu trabajo, tus contactos políticos, tu carrera, tus ambiciones. Y quieres manejarme a mí del mismo modo que manejas todo eso. Pero yo no tengo nada. He estado durante años limpiándote los zapatos y la casa, preparando cenas a tus amigos y cuidando a nuestra hija como si sólo fuera mía. Y ahora has llegado, de acuerdo, o estás a punto de llegar. Pero qué me voy a llevar yo de esa tarta. Di, qué me voy a llevar yo.

—Yo no te obligué a dejar tu trabajo cuando nos casamos. Fue un acuerdo mutuo; por lo demás, has hecho siempre lo que has querido.

—Y eso es lo que quiero seguir haciendo. Así que déjame en paz, déjame en paz, por favor. Quiero estar sola, sola y tranquila. En cuanto a lo del mutuo acuerdo, y ya que dices que hay que reconocer las cosas, empieza por reconocer que tú eras el listo y que lo que tú sugerías iba a misa. Podías haber previsto esto, podías haberme dado a mí el consejo que seguramente das a tus pacientes femeninos.

—Mi trabajo no consiste en dar consejos.

Carlos cayó de nuevo en un silencio agresivo o triste, mientras Laura se felicitaba a sí misma por su firmeza. Ni siquiera el conocimiento de que Julio era paciente de su marido había conseguido frenarla o dirigir su actuación de forma más conciliadora. Ahora ya estaba segura de que realmente Julio no le había hablado de ella, pues de ser así —pensaba— Carlos habría utilizado esa ventaja. Pero no había nada en el comportamiento de su marido, nada, que hiciera sugerir esa sospecha.

Volvió a mirarlo con el desdén de quien contempla una propiedad que ya no le produce placer y se sintió muy ajena a la concepción de la vida que ella y su marido representaban y que su hija acentuó al aparecer en ese instante en la puerta del salón.

Laura dejó la labor en el canasto de mimbre y se levantó.

—Abriga a la niña, no vaya a coger frío, mientras preparo unas tostadas para desayunar —dijo dirigiéndose a la cocina.

Aquello era un infierno, pero por primera vez en muchos años tuvo la impresión de que de ella dependía la llave que regulaba la intensidad del fuego, así como la elección del condenado al que se debía tratar con más rigor.

Durante el desayuno se mostró alegre y desenvuelta, gastó un par de bromas a Inés y se ofreció a hacer zumos de naranja y huevos pasados por agua. Tal vez por eso Carlos comenzó a actuar también como si la escena anterior no se hubiera llegado a producir. De manera que, enganchado en la alegría de su mujer, dijo que había que celebrar la llegada de la primavera y que podían ir a pasar el día al campo.

—Un compañero —añadió— me invitó a que fuéramos a comer a su casa de la sierra.

—¿Cuándo te hizo la invitación? —preguntó Laura.

—El viernes, me parece.

—¿Y lo dices ahora? ¿Ves cómo yo nunca puedo hacer planes de nada? Me parece una falta de respeto. Bueno, mira, iros la niña y tú, porque yo tenía pensado emplear este domingo en guardar la ropa de invierno y arreglar un poco los armarios.

—Pero mujer —rogó Carlos—, yo te ayudo, lo hacemos entre los dos, y al mediodía podemos estar en la carretera. Te vas a aburrir todo el día sola.

—No, no, estas cosas las hago mejor yo sola. Si acabo pronto, me acercaré por casa de mis padres, que hace días que no les veo.

Carlos insistió aún con alguna timidez, pero no era difícil advertir una firmeza inquebrantable tras la apariencia sosegada de su esposa. Tal vez por no estropear el clima de entendimiento de los últimos minutos, renunció a los argumentos, y comenzó a prepararse para pasar el día fuera de casa, con su hija.

Al poco de quedarse sola sonó el teléfono. Lo descolgó con fastidio y se encontró al otro lado de la línea con la voz de su madre, con quien mantuvo una conversación tensa acerca de la vida. Laura escuchó amenazas sobre su futuro, que consiguieron afectarla, porque creía en ellas. En realidad, la labor de su madre no era otra que reforzar con las palabras los temores que ella se negaba a reconocer.

Se sintió atrapada en un recinto formado por muros invisibles, pero sólidos, muros construidos a lo largo de años por sus padres, su marido, su hija y por otras personas o situaciones frente a las que ella había jugado el doble papel de víctima y animadora. Efectivamente, una arquitectura tan perfecta, tan adecuada a sus propios temores, no habría podido levantarse sin su colaboración. «¿Cómo he podido —expresó en voz alta— desear esta clase de vida alguna vez?»

En cualquier caso, la conversación con su madre la condujo de nuevo al interior de una lógica de la que parecía haber escapado para siempre en los últimos días, una lógica dominada por el sentimiento de culpa y cuyas leyes, por tanto, no se podían vulnerar sin pagar a cambio un precio excesivo.

De súbito, el domingo le pareció inacabable y lamentó profundamente no estar con su marido y con su hija. Eran las once y media y comenzaba a caldearse la casa por los efectos de un sol primaveral, cuyo calor contrastaba con las bajas temperaturas de la madrugada. Laura se sintió sofocada y se quitó la bata. Después fue a la cocina y comenzó a limpiar los cacharros del desayuno. Limpió también la nevera, el calentador y la parte frontal del friegaplatos con una energía desproporcionada a la suciedad que pretendía eliminar. Actuaba con movimientos compulsivos, como a la búsqueda del agotamiento físico. Intentó hacer juegos de palabras, pero su cabeza estaba siendo atravesada por ideas circulares que parecían reflejar el movimiento de la bayeta sobre los muebles de cocina. Tales ideas se alternaban con la representación de personas humanas, tales como su madre, su marido, su hija...

Después, al mismo ritmo, arregló su habitación y la de la niña. Miró el reloj y apenas había transcurrido una hora. Comenzó, pues, con los armarios y esta actividad consiguió aplacar sus nervios. El estado de desasosiego anterior fue dando paso paulatinamente a una mecánica más lenta, de movimientos selectivos, en los que el placer ganaba poco a poco terreno a la ansiedad. Las ropas iban y venían; los jerseys se apilaban en un sitio, los pantalones en otro, y las ideas circulares se desplazaban hacia la periferia de la actividad mental, donde permanecían en reposo.

Del mismo modo, pues, silencioso y tranquilo con el que el armario cambiaba su configuración interior, Laura salía de la lógica de la culpa para ingresar de nuevo en la lógica del deseo.

Cuando acabó con los armarios, y dado el método y la dedicación aplicados a la tarea de su ordenamiento, todavía no eran las dos de la tarde. Supo entonces que llamaría a Julio por teléfono y su felicidad sólo se vio turbada por la idea de no encontrarlo en casa. Pero fue Julio quien descolgó el auricular y quien habló con ella durante unos minutos inolvidables y también el que le propuso que, ya que estaba sola, cogiera un taxi y fuera a su apartamento, donde podrían comer juntos y charlar, etcétera.

Laura, para quien las determinaciones de la realidad inmediata se habían perdido en el interior de los armarios, aceptó la propuesta. De manera que colgó con cariño el aparato, se arregló cuidadosamente y buscó en la enciclopedia el término literatura, con la esperanza de memorizar algo que le fuera útil a lo largo de la conversación con Julio.

Finalmente, a punto de salir, decidió ser un poco práctica y diseñó una coartada para justificar el abandono del hogar. Telefoneó a su madre:

—Mamá —dijo—, voy a comer con una amiga y estaré con ella toda la tarde. Pero como Carlos está últimamente muy celoso y muy suspicaz, si habla contigo dile que he estado con vosotros, por favor.

La madre de Laura puso mil inconvenientes a la propuesta, pero acabó aceptándola para no tener ninguna responsabilidad en el evidente deterioro de las relaciones entre su hija y su yerno. Fue una conversación llena de amenazas no dichas y de temores no expresados, una conversación en la que madre e hija se acecharon como dos enemigos en la oscuridad, aunque ambas sabían que la derrota de una de ellas supondría el hundimiento de las dos.

Eso, al menos, pensaba Laura en el taxi que la conducía al apartamento de Julio, pues comenzaba a comprender que el verdadero objeto del favor pedido a su madre no era otro que el de hacerla cómplice de su aventura, lo que en definitiva era también recabar su autorización para llevarla a cabo.

Once

Aquel encuentro era como un regalo del destino. Laura estaba feliz mientras miraba a Julio colocar sobre la mesa los platos, los cubiertos y los embutidos que acababa de comprar en una repostería cercana. Todo era de primera calidad y Julio parecía dotado de un buen gusto especial para disponer las cosas con esa geometría que delataba la existencia de un pasado: Julio tenía un pasado, mientras que ella sólo tenía vida interior.

Comieron pausadamente, con intervalos dedicados al vino y al tabaco, pero también a las miradas y a las risas con las que se iban seduciendo poco a poco, como correspondía a su edad y condición.

—¿A qué se dedica tu marido? —preguntó Julio en un momento de vacío.

—¿Y tú? ¿A qué te dedicas tú? —replicó Laura.

—Yo soy editor. ¿Y tu marido?

—Mi marido, ingeniero.

Callaron unos instantes. Luego Julio añadió:

—El otro día, en un bar, oí una conversación entre dos ingenieros. Se me quedó grabada porque luego soñé con ella y al despertarme tomé notas para escribir un cuento.

—¿Qué decían? —preguntó Laura.

—Hablaban de un tercero, llamado Javier. El más joven decía que el tal Javier había estado siempre de paso y que no le extrañaba lo ocurrido. «A Javier —respondió el otro con cierta autoridad— lo que le pasaba es que era un esquizotímido.» «¿Un esquizoquímico?», preguntaba el joven. «Esquizotímido —respondía el otro algo fastidiado—; el término es mío y define a una clase de sujeto que actúa en dos niveles de comportamiento. Puede ser muy sumiso o muy violento. El día que ocurrió la desgracia, precisamente, me había invitado a escuchar música en su casa.» En este momento —continuó Julio— se dieron cuenta de que los estaba escuchando y bajaron la voz.

—¿Por qué sabes que eran ingenieros? —preguntó Laura sonriendo con perspicacia.

—Ingenieros de sonido —respondió Julio—. Nadie invita a nadie hoy día a escuchar música si no es ingeniero de sonido.

Rieron mientras Julio le ofrecía un cigarro y le acercaba la llama del mechero. Laura se atragantó. Los ojos le brillaban. Preguntó:

—¿Y qué soñaste sobre eso?

—No te lo cuento porque es un poco desagradable.

Entre tanto, Laura, que llevaba un jersey negro de hilo, muy ancho y abierto en pico sobre el pecho, controlaba los efectos estéticos que los desplazamientos del escote producían en la mirada —algo turbia ya— de Julio.

—Me voy a quitar los zapatos, si no te importa —dijo.

—Por favor —añadió él.

Laura se inclinó sucesivamente a un lado y otro de la silla para ayudarse con la punta de los dedos a descalzar sus pies. Como resultado de tales movimientos, el vacío del escote se acumuló en el hombro izquierdo dejando al descubierto la tira blanca de una prenda interior que surcaba la superficie de su piel como la huella de un patín sobre la nieve. Los ojos de Julio se dirigieron a esa zona de su cuerpo y la horadaron como un foco perfora las tinieblas.

—¿Quieres café? —preguntó.

—Sí —respondió ella ausente y con la voz quebrada, como si contestara a otro y a una pregunta diferente. Tenía el codo apoyado en la mesa y con los dedos manipulaba su melena con un gesto que Julio le había visto repetir a Teresa Zagro.

Entonces él se levantó y tomándola del pelo con cierta violencia la arrastró al dormitorio. Durante ese breve trayecto Laura pensó en su madre, en su hija, en su marido, en que era domingo. Pero le pareció que el conjunto de todos esos datos pertenecía a una realidad lejana, sin ninguna capacidad de actuación sobre su vida.

Julio le sujetaba ya las manos a la espalda y la abofeteaba con cierto método. Su rostro se había transformado en el rostro de un hombre violento y vulgar, pero ella no sintió miedo, pues comprendió en seguida que todo era una representación. Su violencia, lejos de doler, evocaba fantasías antiguas jamás realizadas. Así, mientras Julio, entre insulto e insulto, le quitaba la ropa, ella empezó a fingir un daño cargado de placer y cayó al suelo cubriéndose los pechos con las manos, aparentando una vergüenza sumisa que parecía enloquecerle a él. Quién sabe dónde estoy, se dijo, gozando de la perspectiva de su propio cuerpo. Y comenzó a seguir dócilmente las indicaciones de Julio, mientras a la memoria le venían imágenes de una película de esclavas que atormentaron las noches de su adolescencia.

Luego, agotados, se trasladaron a la cama, donde Julio, transformado ya en un sujeto delicado y cortés, se ocupó del tabaco y de las copas, y si no hizo café fue porque ella insistía en tenerlo a su lado cuanto antes.

—¿Cómo te encuentras? —preguntó.

Ella, lejos de responder, se refugió en el cuerpo de Julio como si se introdujera en un estuche protector contra el que nada pudieran las asechanzas de la vida.

—De modo que todo esto existía —dijo al fin en voz muy baja, como si le avergonzara el grado de inexperiencia que tal juicio pudiera revelar.

—Esto es sólo el principio —afirmó él con cierta arrogancia.

En esto, el canario comenzó a cantar en el salón. Laura dijo:

—¿Sabes que no te pega nada tener un canario?

—¿Por qué? —preguntó él.

—No sé —respondió—; pareces muy austero. Por ejemplo, tampoco te pega nada tener plantas y, en efecto, no las tienes.

—En realidad el canario y yo somos enemigos —afirmó él sonriendo—. Lo compré hace tiempo para regalárselo a mi hijo por su cumpleaños. Pero mi ex mujer dijo que no quería bichos en casa y me lo tuve que quedar.

Mientras hablaban, el pájaro piaba con una estridencia inusual, ahogando casi sus palabras. Laura detectó algo raro en el ambiente. Continuaba siendo domingo y por la ventana entraba una luz de primavera, pero Julio se había contraído y escuchaba al canario como si éste estuviera articulando algo significativo. Observó a su compañero y vio que la actividad de todos los accidentes de su rostro estaba dirigida a reforzar el trabajo de los oídos. La boca se había desdibujado para convertirse en un agujero con la función mecánica de controlar la respiración; la nariz se había ensanchado y por sus orificios parecía penetrar también el canto del canario; en cuanto a los ojos, permanecían fijos en un punto de la pared, como si su desplazamiento pudiera provocar algún ruido que enturbiara los mensajes del pájaro.

—¿Qué oyes? —preguntó.

Julio se incorporó, salió de la cama y permaneció desnudo sobre la moqueta, como dudando a dónde dirigirse.

—«La Internacional» —dijo—, el pájaro está cantando «La Internacional».

Se dirigió al salón y golpeó la jaula para interrumpir la melodía. Pero el animal dio un saltito y continuó piando con todas sus fuerzas. Julio contrajo el rostro en un gesto de ira, abrió la jaula y tras un breve forcejeo atrapó al pájaro. Lo sacó de la jaula y miró aquella cabeza que sobresalía de su puño cerrado; durante unos instantes se observaron los dos con desconfianza. Luego, de súbito, el cuello del animal se aflojó y dobló la cabeza sobre los dedos de la mano de Julio. Estaba muerto.

—¿Qué pasa? —preguntó Laura desde el dormitorio.

Julio atravesó el salón con el cadáver en la mano, entró en el dormitorio y se quedó unos instantes de pie, mirando a Laura.

—Un ataque cardiaco —dijo—, se ha muerto de un ataque cardiaco.

—Lo tienes muy apretado —observó ella.

Julio liberó la presión de sus dedos y el cadáver se encogió sobre sí mismo en el interior de la mano.

—Ha sido el corazón —insistió él.

Laura no respondió; tomó el borde de la sábana y se tapó los pechos con un gesto de pudor que tuvo una repercusión inmediata en la actitud de

Julio. En efecto, tras depositar al animal sobre el original de Orlando Azcárate, que reposaba en la mesilla, tiró violentamente de la sábana y destapó el cuerpo de Laura, que se encogió instintivamente.

—Vístete —dijo con voz ronca.

Ella se levantó, sumisa, y comenzó a buscar su ropa, extendida por toda la habitación. Julio se sentó en el borde de la cama, desde donde observaba sus movimientos con los ojos enrojecidos y los labios apretados en un gesto de poder y de deseo.

Cuando Laura estuvo medio vestida, la atrajo de nuevo hacia sí y utilizó su cuerpo para crear complicadas arquitecturas, a través de las cuales obtuvieron acoplamientos imposibles. Ella de vez en cuando abría los ojos unos instantes para observar el cadáver del pájaro y luego los volvía a cerrar como quien cierra la tapa de su propio ataúd tras comprobar que afuera de él ya no hay nada con vida. El animal le confirmaba que la muerte es posible, poniendo al descubierto la precariedad de los principales puntos de referencia de su vida. Y ello le permitía también gozar de aquello que le estaba pasando y que parecía un sueño...

Cuando cedió el deseo brotó entre ellos el amor, como brota el perfume de un pétalo quebrado, y regresaron a la cama, donde las palabras ocuparon entonces el lugar de los hechos.

Luego, al buscar sobre la mesilla el mechero para encender un cigarro compartido, Julio tocó las plumas del cadáver y sintió, más que el frío de la muerte, el proceso de enfriamiento de la vida. Se levantó, pues, cogió el canario y lo arrojó en el cubo de la basura. Pero al regresar a la cama su rostro delataba que se había desecho de algo más que de un pájaro y recordó tal vez la tarde en que a través del animal se había manifestado el espíritu de Teresa. Laura, por su parte, tras contemplar las idas y venidas de Julio, sintió que se estaba convirtiendo en otra; sintió, más bien, que la realidad regresaba y que se introducía en su existencia con los movimientos precisos de una cuña golpeada por los latidos de su propio corazón.

Aún no había empezado a atardecer y, sin embargo, le pareció que estaba a punto de comenzar la noche.

—Ojalá uno pudiera desprenderse de algunas personas con esta facilidad —dijo Julio colándose entre las sábanas.

—¿De quién te gustaría desprenderte? —dijo ella.

—De tu marido, por ejemplo —respondió Julio algo sombrío.

Laura no respondió; permanecía atenta a los golpes secos y precisos por medio de los cuales la culpa penetraba en su entendimiento y determinaba su estado de ánimo.

—Anda, léeme un cuento —dijo para no verse obligada a conversar en esos momentos de confusión.

Julio, orgulloso, cogió el original de Orlando Azcárate y buscó un cuento al azar. Se titulaba *Me he perdido,* y se narraba en él la historia de un sujeto que un viernes, al regresar a casa, encuentra a su mujer enferma. En realidad, los síntomas son los de una gripe benigna, sin importancia, pero ambos deciden suspender un viaje que habían previsto hacer ese fin de semana. Cenan y se acuestan. Pasan el sábado en la cama, alternando el sueño con la lectura de revistas y el amor. A las siete de la tarde el sujeto se despierta con ganas de fumar y comprueba que se le han acabado los cigarrillos. Su mujer duerme todavía. Se levanta con cuidado, se pone unos pantalones y un jersey y baja al bar de enfrente, que, por alguna razón, está cerrado ese día. El sujeto, algo aturdido aún por el excesivo número de horas de sueño, recorre un par de calles y encuentra al fin un local iluminado. Entra, compra cigarrillos y pide una cerveza en la barra. Mientras se bebe la cerveza observa el interior del establecimiento y advierte algo raro en él, como si la iluminación y los objetos de ese espacio pertenecieran a un sueño ya soñado. Hay dos camareros y nueve o diez clientes distribuidos de forma irregular por el interior del local. El sujeto recuerda que ha dejado a su mujer dormida y se apresura a pagar por temor a que despierte antes de su regreso. Sale, pues, del bar y comienza a caminar en dirección a su casa; en seguida se da cuenta de que las calles, lejos de conducirle al lugar de origen, desembocan en plazas inesperadas o en avenidas que el sujeto no recuerda haber visto jamás. No obstante, superado el primer momento de perplejidad, deduce que ha tomado una dirección equivocada y regresa a la puerta del bar, desde donde, tras orientarse, emprende —con idéntico resultado al de la ocasión anterior— otro camino. El miedo comienza a actuar sobre su estómago. Vuelve una vez más al bar con el objeto de telefonear a su mujer. Su entrada produce el mismo efecto que una piedra arrojada sobre la superficie de un estanque: camareros y público, que parecían reunidos en el centro del local, como si celebraran una conferencia, se disgregan en una u otra dirección, actuando como si no se conocieran entre sí. El sujeto se siente observado con hostilidad, pero consigue llegar hasta el teléfono, descolgar el auricular e introducir las monedas por la ranura. Sin embargo, cuando se decide a marcar, advierte que no recuerda el número. Se da unos segundos de tregua, pues el olvido le parece absurdo y, por lo tanto, temporal, pero los números no acaban de ordenarse de un modo familiar en su cabeza. La angustia le bloquea la garganta.

Al llegar a este punto de la narración Laura le pidió a Julio que no siguiera leyendo.

—Es un cuento muy agobiante —dijo—. Los otros eran más divertidos.

—¿No te gusta? —preguntó Julio con tono de reproche.

—No es que no me guste —respondió—; es que estoy un poco angustiada y la situación de ese hombre me está poniendo mal cuerpo.

Julio cerró el original y lo depositó de nuevo en la mesilla. A partir de ese instante la tarde se cerró y sobre el estado de ánimo de ambos se desplomó una niebla intransitable. Laura se incorporó y comenzó a vestirse como quien se prepara para un duelo. «Te llevo a casa», dijo él. Entonces ella comenzó a llorar sin dejar por eso de arreglarse y se negó a aceptar el ofrecimiento de Julio, que permanecía en la cama perplejo y asustado.

—Nos veremos mañana —insistió.

—No sé; te llamaré, espera a que te llame.

Salió a la calle, donde hacía calor y luz. Caminó para tranquilizarse un poco, y a medida que se acercaba a su destino iba siendo presa de ideas circulares que la situaban en un espacio protector del que jamás debería haber salido: su marido, su hija, su madre... La angustia de perderlos, o de comprobar que seguían en su sitio, la obligó a acelerar el paso. Al llegar a López de Hoyos miró en una y otra dirección buscando un taxi, y en el momento de levantar el brazo para detener a uno que bajaba se sintió bella e inútil.

Doce

Aquel día Carlos Rodó tenía una reunión importante para su futuro. Salió del hospital a las once y llegó a las once y veinte a una cafetería en la que se había citado con sus interlocutores. Eran dos hombres de mediana edad, aunque algo mayores que él; iban muy bien vestidos y sus rostros, sin llegar a los límites de la autosatisfacción, no revelaban ningún tipo de carencia.

Iniciaron una conversación banal sobre la nueva funeraria, que en el Ayuntamiento llamaban Tanatorio; al parecer, uno de aquellos hombres tenía responsabilidades sobre ese centro y contó que el día anterior había habido una amenaza de bomba, y que la gente desalojó llevándose sus difuntos a la calle.

Finalmente, entraron en el tema que los había reunido. El de la funeraria, que era también el más hablador, dijo que él y su grupo habían decidido apoyar la candidatura de Carlos Rodó al puesto vacante del Ayuntamiento. Tal puesto venía a consistir en la coordinación o dirección de todos los centros municipales de salud. Del tono de la conversación se podía deducir que se trataba de uno de los puestos más codiciados de la sanidad pública; se deducía también de dicho tono que Carlos Rodó

—caso de aceptar— quedaría ligado a unos compromisos verbales con los representantes del grupo que estaba dispuesto a ayudarle.

La cafetería, situada en un lugar muy céntrico, estaba llena de extranjeros que habitaban los hoteles distribuidos por la zona. Sin embargo, en una de las mesas cercanas a la ocupada por los tres hombres había dos amas de casa que conversaban frente a un plato de churros. Una de ellas decía en ese instante: «Pues al día siguiente bajó a ver cómo estaba y le contó que se le había pasado el dolor de cabeza, que había dormido como cuando era joven, y que había hecho una deposición enorme; de su cuñado, ya ves, no volvió a saber nada.»

Carlos Rodó controló el movimiento de curiosidad provocado por esta conversación y ajustó los músculos del rostro antes de dirigirse a sus interlocutores. Tenía que encontrar el tono adecuado, las palabras precisas, la sonrisa justa. Con todo ello debería transmitir un mensaje cuyas partes denotaran, en las debidas proporciones, un cierto grado de sumisión; otro, de seguridad y firmeza profesional, sin olvidar una porción de desprendimiento, de desinterés personal por lo que se le ofrecía. Dijo:

—A mí me gustaría que en esta elección no tuvierais en cuenta mi militancia en el partido, sino mis méritos profesionales. Ya comprendo que en este tipo de puestos hay que saber combinar los aspectos profesionales con los aspectos políticos. Conocéis mi proyecto, sabéis perfectamente lo que pienso del funcionamiento actual de los centros de salud. Sé que desde el Ayuntamiento hay que hacer una labor que, de un lado, cubra las necesidades a medio y largo plazo, pero que, de otro, tenga la suficiente espectacularidad para que sea rentable políticamente a corto plazo. Siempre he defendido

que ambos aspectos son compatibles y, si me apu-
ráis, complementarios. No ignoro tampoco que, si
ocupo ese puesto, tendré que sacrificar muchas aspiraciones inmediatas en beneficio de necesidades
políticas que en ocasiones, incluso, caerán fuera de
mi alcance o de mi visión. Para eso estaréis vosotros,
para darme las indicaciones precisas en los momentos justos. Vosotros desarrolláis una actividad política de la que es posible obtener una visión global,
de conjunto. Yo carezco de esa visión, pero no soy
un ingenuo y, por lo tanto, no voy a defender jamás
posturas profesionales que, aunque aisladamente
pudieran parecer correctas, entraran en colisión con
intereses generales cuyo diseño no me corresponde a
mí. Creo, en definitiva, que en el puesto que me
ofrecéis hay que evitar la tentación de brillar profesionalmente (para eso están los hospitales, la consulta privada o los artículos) y convertirse en una
pieza más del engranaje, procurando acompasar tus
movimientos a los impulsos de los intereses generales. Tan convencido estoy de ello que el mismo día
que tome posesión del cargo os entregaré mi dimi-
sión, firmada y sin fecha, para que vosotros mismos
la utilicéis en el momento que os parezca oportuno.

Tras esta intervención, de la que los interlocutores de Carlos Rodó parecieron quedar satisfe-
chos, la conversación se centró en los aspectos prác-
ticos y puntuales relacionados con las luchas
internas que la candidatura podría provocar, y del
modo de neutralizar cualquier movimiento capaz de
entorpecerla. En este punto se le sugirió a Carlos
Rodó la realización de un par de mezquindades y de
cinco o seis trampas, dirigidas contra colegas suyos,
que él aceptó como si se tratara de movimientos
tácticos bajo cuya inteligente planificación queda-
ran ocultos los aspectos más viles del problema.
Finalmente, establecidos los pactos, se habló de

generalidades con las que se intentaba borrar la
mala impresión que cada uno podía haber obtenido
de los otros en el curso de las intrigas recientemente
diseñadas.

Tras las despedidas, Carlos Rodó cogió su
coche y atravesó la ciudad en dirección a Arturo
Soria. Tenía una cita con su psicoanalista, al que no
había vuelto a ver desde que abandonara su análisis,
hacía siete años.

Los primeros minutos del encuentro fueron
sencillos. Carlos Rodó hizo un breve resumen de su
trayectoria profesional en los últimos tiempos, acen-
tuando aquellos aspectos que contribuían a dar de él
una imagen de triunfo.

—Ahora —añadió para cerrar el círculo—me
han ofrecido un cargo en el Ayuntamiento; el puesto
es importante en sí mismo, pues de él depende toda
la red sanitaria controlada por el municipio, pero
—si lo hago bien— podría significar sobre todo un
trampolín para alcanzar puestos de mayor responsabilidad, quizá en el Ministerio.

El psicoanalista, un hombre mayor dotado
de una barba negra y de unas gafas de estructura
ligera, cuyas patillas parecían haberse encarnado en
sus sienes, escuchó a Carlos Rodó sin impaciencia,
pero no dio ninguna muestra de adhesión, aunque
tampoco de rechazo, a la brillante historia profesional que éste le mostraba. Finalmente, preguntó:

—¿Ha venido aquí para enseñarme su currí-
culum?

Carlos Rodó recibió la pregunta como si le
hubieran clavado un cuchillo de cocina en aquel
lugar del cuerpo o del espíritu donde reside la vanidad. Estaba frente a su psicoanalista, separado de él
por una mesa de despacho de tonos oscuros que
contrastaban con la luminosidad de la habitación.
Miró brevemente a su izquierda y observó el diván

tapizado en piel donde en otro tiempo había pasado tantas horas. La disposición de los muebles era semejante a la de su consulta.

—No —respondió abandonando el tono anterior—, no; lo cierto es que estoy algo desconcertado y confuso por mi relación con un paciente difícil. Podría haber supervisado el caso con algún compañero, pero lo cierto es que mi profesionalidad queda bastante en entredicho en esta historia. Por eso he preferido acudir a usted.

Carlos Rodó resumió a continuación el caso de Julio Orgaz, procurando no introducir en el relato más interpretaciones que las que juzgó estrictamente necesarias. Hizo, pues, una narración lineal, muy económica, en la que no ahorró, sin embargo, ninguna humillación relacionada con su actitud personal y profesional frente al problema.

El anciano lo escuchó con la mirada neutra de alguien que, comprendiendo las pasiones de los otros, se hubiera desprendido de las suyas en un pasado muy remoto. Preguntó:

—¿Y qué piensa usted de todo esto?

—Bien, creo que mi paciente, inconscientemente, sabe que Laura es mi mujer. Está intentando, pues, ocupar mi lugar. Por otro lado...

—No me hable de lo que le pasa a su paciente; hábleme de lo que le pasa a usted.

—Lo ignoro —respondió Carlos Rodó tras un titubeo—. Es decir, sé que mi actitud es, profesionalmente hablando, insostenible. Creo también que mi participación en el desarrollo de los acontecimientos ha sido más activa de lo que revelaría la simple apariencia de los hechos. Tengo perfectamente registrado el momento en el que me confesé que la mujer del parque era Laura, mi mujer, pero no podría decirle en qué momento lo supe, aunque este instante debió ser muy anterior a esa confesión.

Sospecho, por tanto, que de algún modo sutil yo mismo he alentado, en contra de mis intereses, la relación entre ambos.

—¿Por qué lo habría hecho? —preguntó el anciano.

—Porque me fascinaba, y me fascina todavía, oír hablar de mi mujer a Julio Orgaz. Usted pensará que hay en ello un componente perverso, pues a simple vista mi actitud podría parecer la de un vulgar mirón. Pero yo creo que se trata de algo más complicado. Mire, yo nunca me vi a mí mismo como un sujeto en el que pudieran hacer grandes estragos las pasiones amorosas. Mis ambiciones, nunca lo he ocultado, iban por otros derroteros: la política, el triunfo profesional, etcétera. Las pasiones vulgares —las que yo consideraba vulgares, quiero decir— he procurado siempre repartirlas entre los prostíbulos y las amantes ocasionales, para que no me estorbaran en el camino.

—¿En el camino hacia dónde?

—Usted sabe hacia dónde conduce ese camino: hacia el reconocimiento social. Nunca me ha dado vergüenza confesarlo. Es una aspiración tan legítima como cualquier otra; usted debe saberlo porque lo ha alcanzado. Me casé, pues, con una mujer de la que estaba moderadamente enamorado, porque pensé que podría dirigir sus energías, sumarlas a las mías, de cara a la consecución de ese objetivo. Y lo cierto es que todo iba muy bien: Laura renunció a sus aspiraciones personales, en el caso de que las hubiera tenido alguna vez, y se sumó al proyecto que yo representaba. Todo, en fin, estaba en su sitio. Además de quererme, me admiraba y admiraba también mi posición frente a la existencia. Yo quise fundar una familia sólida, y para ello basta con que un miembro de la pareja ame y el otro sea inteligente. Por eso, me parecía ventajosa la ausencia de pasión en mí. Sin embargo, desde que Julio Orgaz comenzó a hablarme de Laura, yo ya no pude prescindir de sus palabras. Poco a poco fui enamorándome de mi propia mujer y, si en alguna sesión no se refiere a ella, yo lo provoco sutilmente para que lo haga. Y, en fin, esto me ocurre cerca de los cuarenta años, en plena madurez y en pleno triunfo, cuando creí haber conjurado para siempre tales peligros. Lo grave es que no puedo liberarme de ese paciente, lo necesito, porque él es el vínculo que todavía me une a Laura; me he enamorado de ella a través de sus palabras.

—¿Sabría usted decirme —preguntó el anciano asomando ligeramente sus ojos grises por encima de la montura de las gafas— qué es un cínico?

—Bueno —respondió Carlos Rodó con un ligero apunte de superioridad en el gesto—, esa palabra, dicha así, parece tener una connotación de orden moral que me sorprende en usted. Admito la posibilidad de que se me tache de cínico, si por cinismo entendemos la aceptación de los propios deseos y la capacidad de verbalizarlos en el lugar donde se debe hacer, pero no me parece correcto que desde el psicoanálisis se haga una valoración moral ni de esa ni de cualquier otra actitud.

—No es mi profesionalidad la que se estaba poniendo aquí en cuestión —respondió el anciano con su habitual neutralidad—, sino la suya.

—De acuerdo, de acuerdo, lo estoy haciendo lo mejor que puedo. Ya sé que no doy una gran imagen de mí mismo, pero tampoco he venido a eso.

—¿Está seguro? ¿No ha venido aquí con la misma actitud con la que va a los prostíbulos: a cultivar un lado de su personalidad que no se atreve a mostrar en otros lugares?

—¿En qué lugares? —preguntó desconcertado Carlos Rodó.

—En la cama de su mujer, por ejemplo.

—Mire, he venido aquí porque necesito ayuda.

—¿Qué clase de ayuda?

—No lo sé.

—Sí lo sabe. Ha venido por un consejo que yo no puedo darle porque mi trabajo consiste en otra cosa. Las claves de lo que a usted le ocurre con ese paciente las tiene usted, no yo. ¿Recuerda en qué situación dejó su análisis? ¿Cuánto tiempo hace de eso?

—Siete años. Y fue en contra de su voluntad: usted afirmaba que mi análisis estaba sin terminar, pero yo no opinaba lo mismo. Usted sabe que mi formación era impecable.

—Su formación teórica.

—Bien, parece que trata usted de pasarme factura por una decisión que me correspondía a mí y únicamente a mí —dijo Carlos Rodó procurando que el tono de su voz no transmitiera la agresividad que delataban sus palabras.

—Usted sabe —respondió pausadamente el anciano— que esa clase de decisión no compete de manera exclusiva al paciente.

—Pero yo no era un paciente cualquiera, era un profesional y estaba capacitado para opinar y decidir.

—Eso hizo. ¿Pero cree que un psicoanalista con la formación que usted se atribuye podría haber caído en una trampa como la que le ha preparado su paciente?

—Bien, de acuerdo, se ha producido una fisura; por eso he venido. No sé qué hacer —añadió en un tono de franco desamparo.

—Bueno —dijo el anciano con una levísima sonrisa, a la que se podría haber atribuido una intención paternalista—, usted ya no es mi paciente ni yo su psicoanalista. Como usted sabe, esa es una frágil relación que a veces se quiebra sin posibilidad de recomposición. La nuestra se ha quebrado y ello me da libertad para decirle algo que, aunque quisiera parecerse a una orden, se podría interpretar como un consejo: retome su análisis, que está sin terminar. Un buen psicoanalista no puede cometer los errores que usted está cometiendo con ese paciente. Entre tanto, medite un poco más sobre esa complicada relación. Usted afirma que no puede prescindir de Julio Orgaz porque es el vínculo que le une a Laura; afirma, sin dejar ningún resquicio para la duda, que usted está enamorado de ella, pero lo que yo he oído es que de quien está realmente enamorado es de su paciente. Fíjese: los dos tienen edades parecidas, los dos poseen un grado de ambición social y profesional importante, en ambos existen indicios de un remordimiento general que ninguno reconoce, y los dos parecen estar locamente enamorados de la misma mujer. Oyéndole hablar, cuando describía a su paciente e interpretaba sus impulsos, yo tenía la impresión de que usted hablaba de sí mismo. Su paciente es su espejo. Me ha dicho que estaba a punto de alcanzar un puesto de mucho poder en la editorial en la que trabaja y eso pasa justo en el momento en el que usted está a punto de alcanzar un puesto de mucho poder en la sanidad pública. Piense en ello. No le digo que piense en el poder, porque ya lo hace y porque podría atribuir un significado moralista a mi recomendación. El problema no es ambicionar el poder, sino que no exista una lógica interna en ese deseo.

Carlos Rodó salió de la consulta de su psicoanalista irritado contra sí mismo por haber cedido a la tentación de solicitar su ayuda. Conectó la radio del coche y endureció los músculos del rostro para borrar de él una señal de desamparo. La luz del sol —situado en el punto más alto de su órbita aparente— caía sin piedad sobre las calles, los tejados, y los transeúntes, dando al conjunto un aspecto menesteroso. Carlos Rodó sintió en la nuca el pinchazo con el que las neuralgias solían anunciar su visita. Sacó un tubo del bolsillo e ingirió dos cápsulas de algo. Le decepcionaba no haber impresionado al anciano con la relación de sus éxitos, y por primera vez en mucho tiempo puso en cuestión la calidad de su triunfo.

Era martes. Esa tarde tenía sesión con Julio Orgaz.

Trece

—¡Cómo se complica la vida! —exclamó Julio tras acomodarse en el diván—. El domingo pasado estuvo Laura en mi apartamento; comimos, hicimos el amor y, finalmente, asesiné a mi pájaro, que en el momento más inoportuno se había puesto a silbar «La Internacional». A Laura le dio al final un ataque de angustia o de culpa y salió corriendo de mi casa. No sé qué vamos a hacer, porque comienzo a tener la impresión de que todo esto no conduce a ninguna parte.

—¿Hacia dónde cree usted que debería conducir? —preguntó Carlos Rodó a su espalda, con la voz sintética, desprovista de cualquier emoción, que solía utilizar con sus pacientes.

—Pues no sé, pero calculo que todo lo que no conduce a la gloria o a la destrucción acaba por llevarnos a la nada, a la nada absoluta. Ayer trabajé mucho en el despacho, tuve un día inspirado. Liquidé asuntos que tenían dos meses de antigüedad y escribí un complicado informe sobre un libro de cuentos de un joven e insolente autor.

—¿Qué había de complicado en ese informe?

—Era preciso conjugar en él dos opiniones que se excluían entre sí: de un lado, no podía negar las bondades del libro, y, de otro, tenía que aconsejar que se rechazara el original. No me pregunte por qué.

—No se lo he preguntado.

—Bueno, quizá me lo he preguntado yo. El caso es que hice una obra de arte. Tres folios llenos de sutilezas, plagados de conjunciones adversativas y construidos con larguísimos períodos que escondían mi crimen. Si dedicara a mis novelas esas energías, me saldrían muy bien.

—¿A qué novelas se refiere?

—Si esa pregunta no la hiciera usted, parecería una ironía. Me refiero a las novelas que no he escrito, naturalmente. Para mí, sin embargo, poseen un cierto grado de existencia, como si, una vez pensadas, comenzaran a desarrollarse a espaldas de mi voluntad, o como si alguien estuviera escribiéndolas por indicación mía en ese otro lugar que yace oculto bajo los sucesos de la vida diaria. Vivimos una vida demasiado pegada a lo aparente, a lo manifiesto, a lo que sucede o parece suceder. Usted, por ejemplo, se cree que es mi psicoanalista y yo me creo que soy su paciente; mi secretaria se cree que yo soy su jefe y yo me creo que ella es mi secretaria. Laura se cree que para mí es Laura, cuando en realidad es Teresa; ignoro a quién se dirije cuando me habla a mí, pero seguro que no es a Julio Orgaz. Así, con estas convenciones universalmente aceptadas, vamos viviendo. Y yo no digo que tales convenciones no tengan su utilidad: gracias a ellas se construyen ciudades y autopistas, se levantan imperios, se crean jerarquías y las cosas, en general, funcionan y funcionan de tal manera que todos acabamos por creer que suceden unas después de otras y que las primeras son causa de las segundas. Pero no es así. Lo cierto es que su lugar y el mío, por poner un ejemplo, son perfectamente intercambiables. ¿Qué es lo que hace que usted sea el psicoanalista y yo el paciente, excepto sus títulos y mi necesidad? Usted acepta la posibilidad de curarme y yo la de ser curado, aunque no sé de qué. De ese modo, el dinero circula de unas manos a otras y la convención progresa a toda marcha. Pero esta relación suya y mía puede modificarse en un instante y de forma tan gratuita como surgió. Hay veces en que todo está bien, que yo me encuentro de acuerdo con las cosas, incluidos los semáforos y el sistema político; voy y vengo, resulto eficaz, me ascienden, mi hijo quiere que lo lleve al cine, etcétera. Y, sin embargo, en cuestión de segundos, me pongo sombrío, me convierto en otro, aunque los demás —gracias a lo que entre todos hemos convenido— me sigan viendo como el anterior. ¿Qué ha ocurrido? Pues que he entrado en contacto con el otro lado de las cosas.

En un cuento de Orlando Azcárate, el sujeto del informe al que me refería antes, aparece un escritor cuyas novelas sólo triunfan cuando las firma su mujer. Hay otro cuento mío —también sin escribir, aparentemente al menos— en el que dos escritores que coinciden en un tren, de camino a un importantísimo congreso internacional, deciden, tras tomar unas copas, intercambiar sus conferencias. Uno de ellos alcanza un éxito sin precedentes en este tipo de actos; su foto y su discurso aparecen en la primera página de todos los suplementos literarios y el sujeto, en fin, acaba por alcanzar la gloria, mientras que el verdadero autor de la ponencia se va hundiendo paulatinamente en el fracaso. Visto esto, parece absurdo que los hombres nos empeñemos en la búsqueda de un destino propio o de una identidad definida. Si de verdad tuviésemos identidad, no necesitaríamos tantos papeles (certificados, carnés, pasaportes, etcétera) para mostrarla. En fin.

Julio se calló y levantando un poco la cabeza comenzó a mirarse la punta de los zapatos. Carlos

Rodó, situado fuera de su ángulo de visión, era para
él un volumen sin sustancia, aunque ligeramente
grueso y calvo. Permanecieron en silencio varios
minutos. Finalmente habló el psicoanalista:

—¿Pretendía usted llegar a alguna conclusión
con su discurso?

—Pretendía mostrar que las cosas no van a
ningún sitio.

—¿Como su relación con Laura?

—Eso es, como mi relación con Laura. Aunque quizá debería mostrarme cauteloso en este
asunto. El domingo pasó lo que pasó y ella dejó de
ser Teresa en algún momento, pero puede volver a
serlo en cualquier instante; en realidad no depende
de ella ni de mí.

—¿De quién depende, pues?

—Eso es un misterio que guarda relación con
ese lado de la realidad que no podemos ver ni domi-
nar. Si todo esto que me pasa a mí fuera un cuento
de Orlando Azcárate, dependería de él. Aunque
tampoco: da la impresión de que alguien le dicta las
cosas a ese chico. En fin, intentaré explicárselo, a ver
si sirve de algo: yo me enamoro de las mujeres pensando que tienen algo de lo que yo carezco, pero que
sin embargo me concierne. En realidad, todas las
mujeres que miro parecen guardar fragmentos de
algo que me pertenece; ocasionalmente, en una de
ellas se produce la suma de todas esas partes y
entonces me enamoro. Naturalmente, ellas ignoran
que son poseedoras de lo mío, como Laura ignora
que Teresa vive en sus gestos, o en sus ojos, o en su
voz o, en fin, en el modo de derramar su pelo por mi
pecho. Lo que ocurre es que, pasado un tiempo, o
habiendo llegado la relación a un punto determinado, eso que era tan visible desaparece, se volati-
liza y aparece gratuitamente en otra. Entonces, la
mujer que amaba adquiere esa apariencia de solidez

y de falta de tono que posee el resto de las cosas.
Puede quedar en ella algún fragmento, algún brillo
de la totalidad anterior, pero eso no calma mi afán
de completud. A veces pienso que lo que albergan
circunstancialmente las mujeres se lo van pasando
de unas a otras para volverme loco. Esta última
afirmación puede parecer una insensatez, pero lo
cierto es que entre las mujeres existe una comunidad
de intereses de la que los hombres no participamos;
circulan entre ellas secretos de los que nosotros
estamos excluidos. Estos días pasados, al hacer el
amor con Laura, mientras la penetraba, tenía la
impresión de que su vagina se comunicaba, por
conductos ocultos, con todas las vaginas de todas
las mujeres pasadas, presentes y futuras; mi penetración producía el efecto de que dichos conductos se
abrieran a la oquedad de Laura, derramando en
ella las numerosas fuentes capaces de formar el río
en el que se sumergía mi pene.

—¿Sabe usted qué es un delirio? —interrumpió Carlos Rodó.

—Lo que le estoy contando. Lo que sucede es
que todo puede ser un delirio, según el punto de
vista que adoptemos. Lo cierto es que las mujeres,
nos guste o no, son cómplices y solidarias en la
posesión de algo que también a nosotros nos concierne. Algunas —aquellas de las que suelo enamo-
rarme yo— parecen más dotadas que otras para
albergar el objeto ese que todos buscamos, aunque
cada uno por diferentes vías. Teresa, por ejemplo,
era un maravilloso recipiente de totalidades, de
cosas absolutas. Laura también; bajo su melena
podrían convivir cincuenta mil mujeres diferentes
sin estorbarse unas a otras.

—Delira usted deliberadamente —dijo Carlos Rodó—. Así, como usted ha dicho al principio,
no vamos a ninguna parte. Todo su discurso, desde

que ha comenzado esta sesión, no es más que una cortina de humo tras de la que se esconde su miedo a analizar las cosas que le pasan.

—Delirar deliberadamente —afirmó Julio con una sonrisa dirigida al techo— es un juego de palabras que, si me hubiera salido a mí, le habría sacado usted más punta. Por cierto, que tengo que contarle algo que quizá le divierta: el sábado se me ocurrió una idea para una novela en la que usted es uno de los personajes. Ya he empezado a escribirla. Se trata de un sujeto como yo que se analiza con un sujeto como usted y que se enamora de una mujer como Laura. Finalmente, Laura resulta ser la mujer del psicoanalista, o sea, de usted. A partir de esta situación, el relato puede evolucionar en varias direcciones.

—Enumérelas —dijo Carlos Rodó con un tono que había perdido un poco de la neutralidad habitual.

Julio enumeró brevemente las posibilidades básicas. Carlos Rodó añadió:

—Tengo la impresión de que ha omitido al menos una posibilidad.

—¿Cuál? —preguntó Julio.

—El psicoanalista y su esposa saben lo que ocurre; el paciente, no.

—¡Bah!, esa posiblidad la he descartado, porque yo, además del narrador, soy el protagonista y comprenderá que no iba a dejarme a mí mismo en ese lugar de imbécil. Por otra parte, desde un punto de vista meramente narrativo, esa situación no funcionaría. Sería inverosímil que un psicoanalista se prestara a ese juego, al menos un psicoanalista profesionalmente valorado, como usted, que se acerca mucho al personaje que pretendo describir en mi relato. Una situación como ésa podría darse en la vida, pero nunca en una novela.

—¿Por qué no?

—Bueno, la vida diaria está llena de sucesos inverosímiles que son buen material para las páginas de sucesos porque, aunque carecen de lógica, tienen a su favor el hecho de haber sucedido. Esos mismos sucesos, en una novela, parecerían falsos. Las leyes de la verosimilitud son diferentes en la realidad y en la ficción.

—¿Cuál de las otras posibilidades ha elegido, pues?

—Ahí está el problema, que todas ellas están bien para arrancar, pero luego ninguna conduce a ningún sitio.

—Parece que hoy no conduce nada a ningún lugar.

—Quiero decir que por más vueltas que le doy al asunto no consigo encontrar un desenlace en ninguna de las direcciones establecidas. Mejor dicho, todas me conducen a una solución que me niego a utilizar. Ahora usted debería preguntarme cuál es esa solución:

—¿Cuál es esa solución? —preguntó sin titubear Carlos Rodó.

—Un crimen.

—¿Qué clase de crimen?

—Un crimen pasional en el fondo, pero intelectual en la forma. Un crimen del que los dos amantes salieran victoriosos, un crimen tan perfecto que ni siquiera llegara a producirles culpa.

—Según ese esquema, el muerto soy yo —dijo sombríamente el volumen de Carlos Rodó.

—No esperaba que fuera a identificarse de ese modo con mi relato, doctor. Muchas gracias.

—Estoy intentando decirle que el argumento de su novela quizá no sea más que el trasunto de una agresividad real, dirigida a mí, pero que usted no se atreve a manifestar directamente.

—Bueno, eso sería lo de menos. No ignoro que usted representa para mí sucesivas figuras de autoridad cuyo vínculo todavía no he conseguido romper. Tengo entendido que la representación de esas figuras forma parte de su trabajo. Pero ahora, si a usted no le importa, estamos hablando del mío y yo soy escritor.

—¿Lo es?

—Sí, doctor. Ser escritor es una cuestión de temperamento; el escritor más puro es el que no escribe una sola línea en toda su vida: es preferible no darse la oportunidad de fracasar en aquello que más se juega uno.

—En otras sesiones ha hablado usted de este tema de un modo muy diferente, como si el hecho de no ser capaz de escribir le torturara.

—Estaría sombrío. Pero hoy estoy de buen humor.

—¿Por qué?

—No lo sé, quizá porque he empezado esa novela, o porque estoy bajo la impresión de que algo va a suceder. Quizá también porque al salir de aquí iré al parque, veré a Laura y, tal vez, descubra que ya no estoy enamorado.

—¿Sería eso liberador para usted?

—Creo que sí; ello me permitiría dedicar todas mis energías a la novela. No se puede escribir y vivir al mismo tiempo, no se puede ser escritor y personaje de novela a la vez.

—¿Por qué esa incompatibilidad?

—No lo sé. Es así.

—Decía usted que está bajo la impresión de que algo va a suceder. ¿A qué se refería?

—Bueno, a veces tengo premoniciones, atisbos de cosas que ya han sucedido en una dimensión diferente, pero que todavía no se han reflejado en esta otra. Por ejemplo, que va a morir mi padre o que, al llegar a casa, voy a encontrarme la novela escrita encima de la mesa.

—¿Cuál de esas dos posibilidades elegiría, si pudiera?

—Es una disyuntiva falsa. Los dos sucesos son la misma cosa.

—Bien, volvamos al asunto anterior. Decía usted que no quería utilizar un crimen como solución al argumento planteado en su relato, pero no ha explicado por qué.

—Se trata de una cuestión algo banal. Desde algún punto de vista, el argumento de mi novela podría parecer un juego de enredo: hay en ella un triángulo amoroso y numerosas posibilidades para la creación de situaciones confusas o ambigüas, de gran comicidad, si el lector quisiera verlo así. Si a ello le añado un crimen, salgo de vaudeville y me meto en una novela policiaca. Se produciría una excesiva acumulación de géneros menores.

—Entonces, el crimen no es la solución al conflicto.

—El caso es que sí lo es. Un crimen alivia el dolor y coloca, al fin, a cada uno en su lugar: al muerto en su caja; al asesino, en la huida; al inductor, en la culpa; a los herederos, en la nostalgia, y, a los espectadores, en la buena conciencia. Hay situaciones de las que no se puede salir sino a través del crimen. Pero no me siento con fuerzas para escribir una novela de esa clase. Además, en este caso, el crimen conduce de nuevo a una situación sin salida. ¿Se seguirían amando el paciente y la mujer del psicoanalista después de haber liquidado a éste? Tal vez sí, pero ello exigiría treinta folios muy elaborados para que resultara verosímil. O tal vez no, y ello dejaría la novela mutilada. ¿Qué sentido tiene conducir a dos inocentes que se aman a un asesinato sin futuro?

—Usted sabe de estas cosas más que yo —intervino Carlos Rodó—, pero tengo entendido que las novelas, en su desarrollo, no se comportan siempre de acuerdo a las previsiones de su autor.

—Usted pretende que el muerto sea yo, y no se lo reprocho. Efectivamente, la acción podría evolucionar de tal manera que el psicoanalista acabara asesinando a su paciente. Pero eso nos dejaría sin punto de vista, pues la historia está narrada desde él. Aunque es cierto que hoy mismo, mientras comía, me he planteado la posibilidad de ampliar ligeramente ese punto de vista y ofrecer al lector algunos destellos muy fríos, como una pincelada de carmín sobre los labios de un cadáver, que le hagan ver parte de la acción desde el punto de vista del psicoanalista y su mujer. Esto estaría bien si consiguiera mantener esa frialdad, pero la experiencia dice que todos los personajes, incluso aquellos cuya función no es otra que la de un mero soporte técnico, acaban adquiriendo un desarrollo excesivo a poco que se les deja actuar. En cualquier caso, esta nueva posibilidad que acaba usted de sugerir no hace sino confirmar lo que decíamos antes: que todos los lugares son intercambiables, basta un golpe de azar. En las comedias de enredo, nadie es lo que parece y en ese sentido se podrían calificar de realistas. Pero yo no quiero escribir una novela realista.

—Lo que parece es que no quiere escribir ninguna clase de novela.

—Naturalmente, a condición de que esa novela no escrita apareciera en todas las enciclopedias y que sobre ella se escribieran numerosas tesis en todos los idiomas. El arte, cuanto más delgado es, más se acerca al núcleo de lo desconocido, del abismo.

—¿Qué papel juega el lector en todo esto? Se ha referido usted a él en tres ocasiones.

—Hay un cuento policiaco, no recuerdo de quién, cuya víctima es el lector. El lector no es, desde luego, un sujeto manejable. Participa en la acción y llega a entorpecerla incluso con sus jadeos o con el ruido del mechero cada vez que enciende un cigarrillo. Es, con mucha frecuencia, de todos los personajes, el que más pierde. Se lo digo yo, que he actuado de lector en muchísimas novelas.

—¿Y qué es lo que pierde?

—El tiempo y la inocencia. ¡Qué vida!

—Bien —añadió Carlos Rodó incorporando su volumen—, hemos terminado por hoy. Sería útil que pensara de aquí al viernes la posibilidad de enfrentarse al análisis con otra actitud. Ha convertido la sesión de hoy en un puro juego de artificio para evitar hablar de lo que es realmente importante.

—A usted sólo le parecen productivas las sesiones en las que me muestro triste y desgarrado.

Carlos Rodó no respondió. Ofreció la mano a su paciente y éste, tras comprobar la cantidad de caspa acumulada en los hombros de su psicoanalista, le devolvió el saludo y salió.

Catorce

Cuando Julio salió a la calle, el sol había desaparecido bajo un techo liso, de nubes, producido por el excesivo calor de las horas anteriores. Pero el ambiente era seco y no parecía que fuera a llover en las horas siguientes.

Dominado por la impaciencia, intentó cruzar Príncipe de Vergara por un lugar en el que no había semáforo y estuvo a punto de ser atropellado por un coche que circulaba a gran velocidad. El conductor, fuera de sí, insultó a Julio que, lejos de detenerse, continuó corriendo en dirección al parque. No obstante, oyó los insultos a su espalda y cuando se detuvo para acompasar la respiración se sintió abatido. Una pareja de jóvenes pasó junto a él observándolo como se observa a un tipo estrafalario o a un mendigo con corbata. Entonces advirtió que, pese al calor reinante, todavía llevaba puesta la gabardina que le había acompañado a lo largo del invierno. Estaba sudando y tenía el pelo desordenado. De súbito, frente a la mirada impertinente de los jóvenes, sintió que había comenzado a envejecer y le asaltó la rara convicción de que se trataba de un proceso definitivo.

Entonces se dio la vuelta y entró en una cafetería cercana donde, tras pedir un whisky en la barra, se dirigió al lavabo. Allí se quitó la gabardina, se ajustó la corbata, se alisó el cabello con las manos y se contempló los dientes para detectar el grado de blancura que habían perdido en los últimos tiempos. Parece que estoy adecentando a un cadáver, murmuró frente a la imagen del espejo, que le devolvió una sonrisa algo patética.

Después regresó a la barra con la gabardina colgada del brazo y comenzó a apurar el whisky con sorbos calculados, para que su efecto se acumulara lenta, aunque progresivamente, en aquellas zonas de su carácter más necesitadas del estímulo. Detrás de él, en una mesa cercana a la barra, una pareja de adolescentes mantenía una tensa discusión amorosa; ella ocultaba bajo la melena su rostro congestionado por el llanto. El camarero hizo un gesto de complicidad dirigido a Julio, al tiempo que decía: «Tienen toda la vida para follar, así que todavía pueden perder el tiempo en discusiones.»

La vulgaridad de la frase golpeó a Julio en algún lugar de la conciencia y en ese instante su percepción de la realidad sufrió una alteración del mismo signo que la padecida días atrás, frente a la taza de caldo que le ofreciera su madre. Se quedó quieto unos instantes, con la mano derecha apoyada en la barra, en la confianza de que se tratara de un efecto transitorio. Advirtió, por la sólida mirada que le dirigió el camarero, que su rostro estaba algo descompuesto. Entonces bebió un poco de whisky y desvió con naturalidad los ojos hacia el aparato de televisión, situado en un extremo de la barra. En la pantalla, una mujer de melena larga y ojos asombrados anunciaba la inmediata actuación de una coral de sacerdotes jóvenes, expertos en música gregoriana. El plano cambió y apareció un conjunto de sotanas, por cada una de las cuales asomaba un rostro, todos ellos dotados de una sonrisa austera. Tras unos segundos de indecisión, el que parecía mayor abandonó el grupo y, dando la espalda a los espectadores, se aprestó a dirigir sus voces, de las que en seguida comenzaron a surgir los primeros compases de «La Internacional».

Julio pagó el whisky y salió a la calle, donde no apreció caos circulatorio alguno. Los coches avanzaban y se detenían con movimientos secos y precisos, como si dependieran de algún control remoto. Los transeúntes caminaban de manera eficaz en una u otra dirección con el gesto de quien anda ocupado en el funcionamiento de su propio mecanismo interior. La capa de nubes parecía ahora un tejido sólidamente sujeto a un bastidor.

En la entrada del parque había un grupo de jubilados jugando a la petanca. Los más ancianos arrastraban, al moverse, una decrepitud de acero, como si hubiera sido puesta en ellos para durar más que para facilitar el tránsito a la muerte.

Julio, por su parte, avanzaba hacia el lugar donde solía ver a Laura aquejado de leves síntomas febriles, lo que le ayudaba a valorar cada una de las articulaciones de su cuerpo, especialmente las ingles y los hombros. La sensación parecía estimulante; estaba dotado de un cuerpo sólido y de una cabeza despejada, lista para tomar una decisión o entregarse a un afecto.

Pero Laura no estaba. Merodeó entre los escasos árboles, procurando no ser descubierto por el grupo habitual de mujeres, sin verla a ella ni a la niña. Finalmente, abandonó el parque, buscó su coche —aparcado en las cercanías— y se dirigió al despacho. Durante el breve recorrido, decidió que seguía enamorado de aquella mujer, pero no llegó a sentir congoja alguna. Por el contrario, una rara seguridad se instaló en su pecho, desde donde lanzó a las sienes un mensaje de espera.

Su secretaria ya se había ido, pero le había dejado una nota sobre la mesa: «El gran jefe ha llamado, quiere verte. Besos. Rosa.»

Marcó en el teléfono un número de cuatro cifras y esperó unos segundos con los ojos puestos en un papel pautado de ordenador. Finalmente dijo:

—Tengo aquí una nota de Rosa. ¿Querías verme?

Colgó el teléfono, se incorporó con movimientos precisos, y se dirigió al despacho del director.

—¿Continúas con las clases de inglés? —le preguntó al entrar.

—Sí —respondió Julio—, esto de los idiomas es una trampa; cuanto más sabes, más consciente eres de lo que te falta para llegar a la perfección. También ando liado con el dentista.

—¿Y eso? —preguntó el director de forma rutinaria.

—Nada, un par de muelas hechas polvo. ¿Qué querías?

El director abrió un cajón y sacó de él el original de Orlando Azcárate en cuya cubierta, sujeto con un clip, se podía ver el informe de Julio. Miró el original, luego levantó los ojos hacia Julio y finalmente dijo:

—Creí que me habías entendido el otro día. Este libro se va a editar. La recomendación viene de arriba.

Julio guardó silencio unos instantes, observó un fichero situado a su derecha, como si hubiera en él algo de enorme interés, y respondió:

—Yo no tengo ningún inconveniente. Si lees atentamente mi informe, verás que no hablo mal del libro. Son los aspectos comerciales los que me preocupan un poco.

—Pues nada —respondió el director dando la cuestión por zanjada—, que dejen de preocuparte. Toma el informe y modifícalo. Y hazlo más claro, que hay frases que, cuando llegas al final, no te acuerdas de lo que decían al principio. Piensa que, oficialmente, ésta es una decisión que asumes tú.

—De acuerdo —añadió Julio con una sonrisa de complicidad que el director no recogió.

Regresó a su despacho, rompió el informe anterior y comenzó a redactar uno nuevo. A la tercera frase ya estaba disfrutando con el trabajo; las palabras aparecían con naturalidad bajo la bola del bolígrafo, ordenándose dócilmente, como en un juego geométrico. No sintió ningún rencor hacia la figura de Orlando Azcárate; en realidad, se encontraba bastante alejado de esa clase de miserias. *La Vida en el Armario* resultaría un éxito y él se llevaría todos los honores.

Salió del despacho a las siete. Las nubes habían perdido la tersura anterior y ahora formaban oscuros y pesados volúmenes, que se desplazaban con dificultad hacia el sur. Cuando se dirigía al garaje cercano donde estaba su coche, alguien lo llamó por su nombre. Era un sujeto de su edad que, pese a haber perdido el pelo, conservaba un aire como de adolescente envejecido. Vestía pantalones vaqueros y una camiseta con los colores del arco iris, sobre la que llevaba una chaqueta blanca, de hilo, bastante arrugada; los zapatos eran amarillos.

Se trataba de Ricardo Mella, un antiguo compañero de la facultad que había publicado media docena de novelas de aventuras con un éxito relativo. Julio había coincidido con él cuatro o cinco veces en los últimos años y siempre en presentaciones de libros o cócteles de dudosa naturaleza literaria. Pero había evitado su contacto, en parte porque despertaba en él la envidia del escritor inédito y, en parte, porque despreciaba su manera de vestir y su literatura. Ricardo Mella insistió en que se tomaran una copa y Julio, tras sopesar la alternativa de encerrarse en su apartamento, aceptó.

En las cafeterías de la zona no había mesas libres, de manera que Ricardo Mella dijo:

—Mira, nos vamos a mi casa. Vivo a un minuto de aquí, en Cea Bermúdez. Estaremos más cómodos.

Julio no se resistió. Se sentía muy cómodo frente a un escritor de segunda fila, sabiendo que él era un editor de primera. Por otra parte, Ricardo Mella se había hecho cargo de la conversación y a él apenas le quedaba la responsabilidad de emitir un monosílabo de vez en cuando. La realidad seguía rara y la dulce sensación de fiebre continuaba instalada en sus articulaciones, obligándole a permanecer consciente de las pequeñas posesiones orgánicas repartidas a lo largo de su cuerpo. La noción que tenía de sí mismo era la de un voluminoso relieve colocado sobre una fotografía plana que intentaba representar la vida.

Entraron en un portal lujoso, protegido por una pareja de guardias y un conserje.

—Es que aquí vive un ministro —explicó Ricardo Mella en el ascensor.

La casa era enorme y estaba llena de objetos de arte procedentes de África y América del Sur. El salón tenía forma de hache y en cada uno de sus numerosos rincones había un gran sofá de piel y una mesa de cristal de estructura dorada. Por las paredes había numerosas ventanas, colmillos de elefante, pieles de diferentes animales e instrumentos musicales, la mayoría de ellos desconocidos para Julio. Una mujer y un joven de quince o dieciséis años jugaban al parchís sobre una alfombra persa situada en el centro de la hache. La mujer era rubia, de ojos pequeños y brillantes. Estaba cerca de los cuarenta años, pero la madurez había trabajado sus formas con paciencia y esmero. La nariz era justa y la boca ligeramente desmesurada, como si hubiera sido hecha para la risa. No llevaba ninguna clase de sujeción bajo la camiseta naranja, lo que dotaba a sus diminutos pechos de un aire casual que armonizaba con el resto de su anatomía. Cuando se incorporó, Julio advirtió que bajo sus ceñidos pantalones no había tampoco ninguna marca de ropa interior.

—Mi mujer y el hijo de mi mujer —dijo Ricardo Mella señalándolos—. Este señor tan importante es Julio Orgaz. Edita libros buenos a precios caros. Fuimos compañeros de estudios. Y de otras cosas.

—¿Queréis jugar al parchís? —preguntó la mujer.

—Venga, sí, por parejas —dijo Ricardo Mella—; tú con mi amigo y yo con tu hijo.

A Julio le excitó la idea de entrar en relación con esa mujer, pero le apetecía un whisky que nadie le ofreció. El joven tenía a su lado una Coca-Cola.

—¿Cómo te llamas? —preguntó a la mujer mientras lanzaba los dados.

—Laura —dijo ella enseñando unos dientes que hacían juego con la decoración de las paredes.

—Tengo una amiga que se llama Laura —respondió—. Pero no eres tú.

—Eso nunca se sabe —añadió ella guiñando ligeramente los ojos, como si padeciera una pequeña miopía—. Tiras tú, Ricardo.

Jugaron sin hablar. El joven parecía estar en otra parte, pero mantenía un raro control sobre todas las fichas del tablero. Poco antes de que terminara la partida, Ricardo Mella se incorporó e invitó a Julio a seguirle. La mujer y el joven continuaron jugando.

Llegaron a lo que debía ser la cocina, aunque parecía un quirófano, donde Ricardo Mella abrió un armario del que extrajo unos sobres pequeños. Dijo:

—Se pasan el día jugando al parchís. Vamos a esnifar un poco. Mira, coca pura, traída de Colombia.

Julio siguió las instrucciones de su amigo y contuvo la tentación de un estornudo cuando los polvos atravesaron su nariz.

—Me gusta mucho tu mujer —dijo de manera imparcial, como si repitiera un juicio de otro.

—Podría volver locos a mil hombres, es esa clase de mujer. Yo he intentado engañarla, pero no puedo.

—¿Por qué?

—Porque ella tiene el secreto que no tienen las otras.

—¿Qué clase de secreto? Parezco mi psicoanalista.

—No sé, una especie de misterio. Pone el mismo entusiasmo en una partida de parchís que en la preparación de un viaje a la China. Es como si no poseyera una escala de valores, ¿comprendes? Además, siempre parece que acaba de llegar de otro sitio al que el resto de los mortales no tuviéramos acceso.

—Ya —respondió Julio conservando la imparcialidad anterior.

Se habían sentado uno frente al otro, separados por una gran mesa blanca que tenía un adorno en el centro. Ricardo Mella sirvió un par de whiskys y tras acariciarse la calva un par de veces dijo:

—No empieces a beber todavía, espera a que la coca te golpee un poco.

En seguida añadió:

—Tengo un bulto aquí detrás que ya verás como va a ser un cáncer.

—¿Un cáncer de qué? —preguntó Julio.

—Un cáncer de plástico, que son los más higiénicos.

Se rieron brevemente y volvieron a guardar silencio. Los dos parecían encontrarse muy a gusto. Julio revisó con la mirada los muebles de la cocina, después dio un sorbo al whisky y preguntó:

—Oye, Ricardo, ¿de dónde sacas el dinero para vivir de este modo?

—Bah, de aquí y de allá. Negocios. Ahora estoy sin liquidez, pero pienso acabar una novela y dos guiones de cine. Después me iré a la selva una temporada, para tomar notas.

—¿Con Laura?

—No, ella se queda aquí. Se cree que soy Hemingway.

Julio se puso a razonar. Era consciente de que las ideas circulaban por el interior de su cabeza, articulándose y formando juicios que la memoria registraba. Observaba el funcionamiento de sus ideas con la misma facilidad con que observaba el mecanismo de un reloj, situado en la pared, cuya armadura era transparente.

Dedujo que Ricardo Mella era de esa clase de sujetos para quienes ganarse la vida no representa dificultad alguna; se le notaba en que hablaba de irse a la selva (¿a qué selva?) con la naturalidad con la que otros hablan de ir al restaurante. Bebió un poco más y dijo:

—Lleva cuidado, no vayas a acabar en la cárcel o tirado por ahí.

—¿Por qué? —preguntó Ricardo Mella.

—No se pueden tener tantas cosas buenas sin pagar por ello —respondió Julio.

Ricardo Mella meditó un buen rato las palabras de Julio. Finalmente, añadió:

—Tienes un temperamento muy cristiano. Piensas que no te puede pasar nada bueno sin que, a cambio, te suceda algo malo. Por eso no has conseguido escribir.

—Ahora estoy enamorado —dijo Julio—. Si tengo suerte, escribiré una novela.

—El amor no es bueno para escribir novelas. Roba muchas energías —respondió Ricardo Mella golpeando el vaso sobre la mesa al ritmo de una música que sólo él escuchaba.

—¿Te acuerdas de «La Internacional»? —preguntó Julio.

—Claro, la cantábamos en tres idiomas diferentes. Pero ya no la oigo.

—Yo sí, pero no le hago caso. Por cierto, estás más joven que yo, pero se te ha desertizado la cabeza.

—Es por la quimioterapia.

—Claro —respondió Julio—. ¿Me harías un favor?

—Dime.

—¿Podrías encargarte de liquidar a un sujeto que yo te diga, un ingeniero?

—¿A cambio de qué?

—Te compro para mi editorial la novela que estás terminando.

—Ya veremos. Llámame un día de estos.

A continuación, permanecieron en silencio unos quince minutos. De vez en cuando se reían, pero cada uno de sus propias cosas. Ricardo Mella sirvió otros dos whiskys y se acarició de nuevo la calva antes de sentarse. Julio suspiró y dijo:

—¡Que barbaridad! De cuántos estados de ánimo diferentes ha de hacerse cargo uno a lo largo del día. Hoy he estado irónico dos veces; triste, dos; alegre, una; desesperado, una; eufórico, dos; abatido, dos.

—Parece una quiniela. ¿Cómo estás ahora?

—Bien, gracias. ¿Y tú?

—Yo bien también. ¿Tú familia?

—Bien, bien, todo bien, muchas gracias.

—De nada.

Cuando terminaron el whisky, Ricardo Mella puso otros dos.

—Oye, Ricardo —dijo Julio—. ¿Tú consigues acercarte a lo esencial cuando escribes?

—¿Qué es eso?

—Lo esencial, el abismo.

—Yo escribo novelas de aventuras en las que salen abismos y acantilados y desfiladeros, pero eso otro que dices tú no lo he usado nunca.

—Claro, eso sólo lo usan los poetas.

—Panda de maricones, los poetas —añadió, sin agresividad, Ricardo Mella.

—Se me había olvidado fumar —dijo Julio sacando un paquete del bolsillo de la chaqueta.

—Yo no fumo, de todos modos ya tengo el cáncer.

—Sí, pero es de plástico. Y no te ofendas, lo has dicho tú mismo.

—Mejor, así me lo puedo limpiar con Mistol; no como otros, que lo llevan hecho una porquería.

Julio se puso a fumar con gran concentración. Su cabeza funcionaba con la precisión de una calculadora y el cigarrillo tenía un sabor especial, mucho más intenso que el que solía fumarse al salir del cine. De súbito cayó en la cuenta de algo muy importante. Dijo:

—Ricardo, he llegado a la conclusión de que existe la vida eterna.

—Pues entonces ya te puedes marchar, que yo todavía tengo que terminar una novela, dos guiones de cine y jugar cinco partidas de parchís.

Se levantaron y Ricardo Mella condujo a Julio a la salida por la puerta de servicio. Cuando iba a salir, dijo:

—Me he dejado la gabardina en el salón, pero no importa, te la regalo, porque ya viene el buen tiempo.

—Toma, yo te regalo mi chaqueta moderna —dijo desprendiéndose de ella—; si la lavas, ponla a secar hecha un lío para que se arrugue bien.

Cuando llegó a la calle, era de noche. Un relámpago de gran plasticidad dividió el firmamento. Julio, detenido en la acera, estuvo observándolo unos instantes; sabía que había dejado de durar, pero él continuaba viéndolo; parecía hecho de neón por lo sólido de sus perfiles. Después se apagó como una luz y en seguida llegó el trueno, cuyo eco se prolongó en el ruido de un camión de la basura que circulaba frente a él triturando desperdicios.

Caminó hacia el garaje de la editorial, situado dos calles más arriba, golpeado por una lluvia escasa, pero violenta. Se desplazaba con lentitud, con la lentitud de un tanque o de una excavadora, pero con idéntica firmeza y precisión. Nada, en aquel instante, habría podido detener sus poderosas piernas.

Una vez en el coche, cuyo motor sonaba como una sinfonía, volvió a tener la seguridad de que algo iba a ocurrir. El marido de Laura moriría, o se transformaría en Julio; entonces, él ocuparía el lugar del ingeniero y estaría con Laura el resto de su vida. Me llevaré a mi hijo, pensó, para que Inés tenga un hermano mayor. Y, si eso no ocurría, ocurriría lo de la vida eterna. Lo de la vida eterna, no: lo de la otra vida, porque a lo mejor tampoco era eterna. En cualquier caso, su alma volaría junto al alma de Laura, cruzarían océanos y ríos y, al llegar a la selva, verían a Ricardo Mella tomando notas sobre un tronco de árbol, mientras los gorilas, cerca de él, jugaban al parchís.

Al entrar en el apartamento, sonaba el teléfono. Lo descolgó:

—Soy yo, dígame.

—Julio, Julio, soy yo, Laura. Te he llamado varias veces.

—No estaba aquí, todavía no puedo estar en varios lugares a la misma vez. Como no te vi en el parque, fui a suicidarme, pero me entretuvo un amigo y ahora ya se me ha hecho un poco tarde.

—¿Qué te pasa, Julio? ¿Has estado bebiendo?

—Sí, para pensar en ti. Quiero que vivamos juntos y que nos llevemos a mi hijo con nosotros. Por Inés lo digo.

—Yo también, Julio, yo también quiero estar contigo. Pero tenemos que esperar. Por eso no he ido al parque. No conviene que nos veamos ahora.

—Va a pasar algo para que se arregle lo nuestro, ¿verdad?

—Sí, sí, algo va a suceder.

—Bueno. Lo del pájaro fue un accidente. Como son tan frágiles, sufrió un infarto de miocardio.

—Ya lo sé, no te preocupes ahora por eso. Además..., sabes... me gustó.

—Puedo comprar más, si quieres, y los vamos matando cada vez que hagamos el amor. ¿Dónde está tu marido?

—En su despacho, trabajando.

—Yo a estas horas no suelo trabajar. Puedo ser un marido muy ventajoso.

—Es que tiene que hacer un informe. Oye, te tengo que dejar ya. Cuídate mucho, Julio, y no bebas por mí, que todo se arreglará. Acuéstate ahora, no vayas a hacerte daño con un mueble, y no intentes verme. Yo te llamaré. Un beso, un beso muy fuerte. Adiós.

—Adiós, mi vida. Ya ves, cuando era joven no podía decir mi vida, porque con lo de la revolución y todo eso resultaba un poco extemporáneo. He sido un joven muy austero, pero ahora me voy a comprar una camiseta como la de Ricardo Mella y voy a ir a trabajar con su chaqueta moderna. Y a Rosa, que es mi secretaria, la llamaré mi vida todo el tiempo.

Laura ya había colgado. Julio depositó el auricular sobre el teléfono, observó la jaula del pájaro, todavía en su sitio, y se tumbó en el sofá para observar desde allí el escritor imaginario que, sentado frente a su mesa de trabajo, escribía una novela suya titulada *El desorden de tu nombre,* pues ese sería su argumento y su trama, una tupida trama capaz de tapar el agujero producido por la desaparición del otro nombre —el de Teresa— y de aliviar la distancia que todavía le separaba de Laura.

Quince

—¿También esta noche vas a quedarte a trabajar? —preguntó Laura a su marido, mientras recogía la mesa.

—Sí —respondió él—. Tengo que acabar ese informe para el Ayuntamiento.

Carlos Rodó cogió un par de vasos y los llevó a la cocina, detrás de su mujer.

—¿Y por qué no te quedas aquí? En el salón estarás bien.

—Trabajo mejor en la consulta. Además, arriba tengo los ficheros y la máquina de escribir. Me tomaría otro café.

—Súbete, si quieres. Te preparo un termo como ayer y dentro de un rato te lo llevo.

—¿Y si se despierta la niña?

—No es más que subir y bajar, hombre.

Carlos Rodó tenía cara de abatimiento, o de cansancio. Mientras Laura acababa de recoger los cacharros, fue a ver si su hija estaba bien tapada. Después entró en el cuarto de baño, abrió un armario situado encima del lavabo y seleccionó un frasco del que tomó dos píldoras que ingirió con un poco de agua. Allí mismo se desnudó y se puso un chandall azul que había detrás de la puerta.

Cuando volvió al salón, Laura hacía punto frente a la televisión.

—¿Qué ponen? —preguntó.

—Una película, de Hitchcock, me parece.

—Me sentaré un rato antes de subir.

—Como quieras. Pondré el café más tarde.

Permanecieron en silencio frente al aparato. Cuando llegaron los anuncios, Carlos Rodó comentó en tono casual:

—Me ha dicho Inés que lleváis un par de días sin ir al parque.

—Sí, es que estos días estaba yendo por allí un tipo molesto, un desocupado, que se sienta con nosotras y no para de hablar.

—¿Os molesta?

—No, pero es muy pesado. A la semana que viene volveremos, a ver si se ha cansado ya.

Hubo una pausa y Carlos Rodó añadió inseguro:

—¿Estás mejor estos días?

Laura acentuó la actividad de sus manos, prestó unos segundos de atención al producto que anunciaban en ese momento, y dijo:

—Estoy menos nerviosa. Es que la casa agota mucho. No te preocupes. ¿Cómo va lo tuyo?

—Bien, es prácticamente seguro que me dan el puesto. Lo que pasa es que como no soy funcionario hay que luchar un poco más. Por eso quiero ver si termino el informe y le doy con él en las narices a un concejal que quiere meter a un amigo suyo en mi lugar.

—Bueno, también a ti te quieren meter tus amistades. La política es eso.

—No es lo mismo. Nosotros tenemos un proyecto progresista, muy bien elaborado, y en la línea de los modelos que ya han demostrado su funcionamiento en otros países. Lo que pasa es que aquí vamos con cien años de retraso.

—¿Y ganarás más que ahora?

—De sueldo no mucho más. Pero tendré los pacientes que quiera para la consulta privada y podré derivar muchos a otros colegas.

—Te deberán favores.

—Claro. Pero esto, más que nada, es un trampolín. Mi meta es el Ministerio.

Laura levantó la cabeza de la labor y sonrió.

—¿Vas a ser ministro? —preguntó ingenuamente.

Carlos Rodó sonrió también con gesto de condescendencia. Dijo:

—Preparación no me falta. Estoy a punto de cumplir los cuarenta y ya es hora de que recoja los frutos de veinte años de estudiar y trabajar como un negro. Hay una teoría según la cual si consigues alcanzar un puesto de poder en torno a los cuarenta años, te mantienes ya en esa órbita toda la vida. Por eso, lo que no haga en esta década no lo haré nunca.

—Lo harás —dijo Laura volviendo a la labor—, tienes mucha fuerza de voluntad y buenos contactos.

—Lo haré si consigo un poco de paz —añadió Carlos Rodó con la voz un poco quebrada.

Laura suspiró y dijo:

—En casa todo estará a punto siempre.

—¿Podremos hablar de tener más hijos? —preguntó él con un tono de voz más firme.

—No te precipites, Carlos, por favor —respondió ella.

En ese instante cesaron los anuncios. La película era en blanco y negro, lo que indujo a Laura a comentar que, acostumbrada al color, las películas antiguas le parecían una esquela.

Carlos Rodó permaneció unos minutos más sobre el sofá y al fin se levantó con el gesto de quien fuera a realizar una tarea que exigiera cierto esfuerzo físico. Parecía más animado y había en sus ojos algo así como el brillo de una decisión. Dijo:

—Bueno, me subo a trabajar.

—En los próximos anuncios te subiré el café —respondió Laura sin mirarle—; te lo voy a poner muy azucarado, que el azúcar es buena para estas situaciones de esfuerzo.

Cuando su marido cerró la puerta, Laura dejó la labor sobre el canasto de mimbre, bajó el volumen del televisor y se acercó al teléfono. Marcó el número de Julio.

—Hola, Julio; soy yo, Laura —dijo cuando la voz le contestó.

—Hola Laura, estaba presintiendo tu llamada.

—¿Estás hoy mejor que ayer? —preguntó ella.

—Sí, he tenido un día duro, con un poco de resaca. Pero ahora estoy bien. Laura, mira —añadió Julio tropezando en las palabras—, no sé si serán los años o la primavera, pero estoy todo el día muy caliente..., me he masturbado dos veces..., y sólo puedo pensar en ti, todo lo que hago o digo me conduce a ti.

—Calla —respondió Laura—, que se me altera todo el cuerpo. Hay que esperar. ¿No notas que algo llega?

Julio permaneció en silencio unos instantes. Al fin dijo:

—Sí, llevo varios días bajo el peso de una premonición o de un aviso. Lo veo todo de otro modo. Laura, ayer estaba borracho, pero ahora sólo he tomado un par de whiskys y sigo pensando que quiero vivir contigo.

—¿No te quieres hacer viejo ahí solo, verdad? —preguntó ella con un tono de provocación sexual tras el que se adivinaba una sonrisa—. ¿Qué hacías ahora? —añadió.

—Estaba viendo una película de Hitchcock por la televisión. Pero cuando termine me voy a poner a escribir. Estoy escribiendo una novela.

—Si te sale tan bien como los cuentos será estupenda. ¿A quién se la dedicas?

—A ti, mi vida, a ti. Oye, me he comprado unos pantalones vaqueros y un par de camisetas de colores. Estoy harto del traje y la corbata, me hacen más viejo.

—Pues con lo delgado que estás, los vaqueros te quedarán muy bien.

—¿Qué te parece si vendo el coche y compro una de esas motos grandes para recorrer Europa contigo?

Laura se rió con ganas. Julio añadió:

—Lo digo en serio. Ayer estuve con un amigo mío que tiene mi edad y está calvo, pero que parece más joven porque viste de otro modo. Me regaló una chaqueta blanca preciosa, de esas que se arrugan.

—¿Cuántos whiskys dices que te has bebido, mi amor?

—Bueno, dos, pero eran muy grandes.

—La primavera te está volviendo loco —apuntó Laura arrastrando las palabras y quebrando la voz, como si la primavera fuese ella.

—Tú me has vuelto loco, Laura —confirmó Julio.

Hubo unos segundos de silencio, como si ambos hubieran renunciado a la vez a seguir comunicándose a través de ese intermediario que no les permitía verse. O como si la exaltación anterior hubiera dado paso a una caída.

—Te tengo que dejar ya —dijo Laura precipitadamente, como si alguien se acercara al teléfono.

—No me olvides —añadió Julio—, no me olvides, mi vida.

Laura colgó el auricular y se dirigió a la cocina, donde preparó una cafetera. Cuando regresaba al salón, sonó el teléfono. Era su madre.

—¿Con quién hablabas, hija, que no hacía más que comunicar?

—Con una amiga muy pesada; entre ella y tú no me vais a dejar ver la película.

—Es la tercera o la cuarta vez que la ponen, ¿y Carlos?

—Está arriba, trabajando.

—¿Va bien lo suyo?

—Parece que sí, no tiene mucha competencia.

—A ver si hay suerte, hija, que falta le hace.

Laura decidió romper el ritmo de la conversación y se quedó callada. Su madre la volvió a provocar:

—Con lo que está pasando el pobre...

—¿A qué te refieres? —preguntó Laura.

—A lo vuestro, que no estáis bien.

—No empieces, mamá —dijo Laura con voz de fastidio.

—No haber empezado tú —respondió la madre—. Dime la verdad, ¿hay otro hombre?

—Qué dices, si no tengo tiempo.

—Mira, hija, las aventuras están bien y son muy bonitas, pero no duran, sabes. Luego se queda una con mal sabor de boca, cuando no pasan cosas peores.

—¿Lo dices por experiencia? —preguntó Laura con una maldad calculada. Quería colgar el teléfono, pero no podía sustraerse a las palabras de su madre. Se agredían con la seguridad de que las mutuas ofensas, lejos de romper el vínculo que las unía, lo hacía más sólido. Vivían en el interior de un nudo formado por los laberintos de sus complicadas conciencias y en el que iban confundiéndose de forma progresiva las obsesiones de cada una de ellas.

—Yo le he sido fiel a tu padre —respondió con voz dolorida.

—Así te ha ido —apuntó Laura.

—Mira, hija, no quiero seguir esta conversación. Que sepas que, hagas lo que hagas, tu madre estará a tu lado, aunque me muera de vergüenza o de pena. A tu lado.

—¿Es eso una autorización? —preguntó Laura.

—Adiós —respondió la madre interrumpiendo la comunicación.

Laura fue a la cocina y apagó el fuego; el café llevaba hirviendo unos minutos, pero sólo se había consumido una pequeña porción. Estaba sorprendida de lo alejada que se sentía de la culpa y de la rara seguridad de que ésta no volvería nunca más a frenar sus impulsos ni a enturbiar su vida. Mientras volcaba la cafetera sobre el termo adivinó oscuramente que se lo debía a su madre, como si ésta se hubiera hecho cargo de la culpa de ambas para que ella cumpliera su destino. Entonces, advirtió que tras las amonestaciones de su madre se había escondido siempre un aliento secreto, un apoyo invisible, que la empujaba hacia lo prohibido con una fuerza sutil, con un movimiento de ansiedad, con una especie de ruego no expresado que, sin embargo, tenía la calidad de una orden.

Cogió una botella de leche y echó una parte sobre el café hasta completar la capacidad del termo. Añadió doce cucharadas de azúcar y, con el

termo en la mano, fue al baño y vació sobre él medio
frasco de cápsulas de color azul. Cerró el recipiente
y, tras controlar brevemente el sueño de su hija,
cogió las llaves y subió a la consulta de su marido.

Carlos Rodó estaba inclinado sobre la máquina de escribir. Cuando vio entrar a su mujer,
cesó en su actividad y esbozó una sonrisa.

—Ya empezaba a hacerme falta —dijo.

Sudaba de un modo raro y tenía desordena-
dos los cabellos de tal manera que se podía apreciar
en su cabeza el brillo de una calva. Su mirada des-
prendía un halo de excitación o de locura.

—Tómalo poco a poco —dijo Laura—, que
te dure toda la noche. Tendrá mal sabor porque lo
he cargado mucho y le he echado bastante azúcar.
Piensa que es un jarabe.

Regresó al piso y comprobó que el sueño
de su hija no había sufrido ninguna alteración. Después fue al salón, desconectó el televisor y abrió el
buró. Sacó el diario de su compartimiento secreto y
escribió: «Todo se puede hacer, mas no todo está
permitido. Lo prohibido circula por debajo y se lo
comen las ratas de albañal; lo permitido circula por
arriba y se lo comen los ministros. Entre lo permitido y lo prohibido (es decir, entre lo perhibido y lo
promitido) hay una distancia variable. A veces, la
distancia se diluye, como el veneno en el café (o
como el caneno en el vefé), y se convierten en la
misma cosa. Entonces está permitido efectuar
hechos atroces (o achos hetroces), como en el carna-
val de Río de Janeiro. Terminada la fiesta, cada uno
se quita el disfraz o la máscara (el discara y la mas-
fraz) y regresa a la vida normal, que a veces es feliz y
a veces infeliz, pero sin sobresaltos policiales (o
pobresaltos soliciales). Sin embargo, los que carecen
de inteligencia o raciocinio siguen haciendo trope-
lías con la máscara y, finalmente, son detenidos y

conducidos a los calabozos. Quiero decir con ello que se puede viajar al infierno, o al interior de una leprosería, sin que los vecinos o parientes cercanos lleguen a saberlo. La cuestión es saber volver a la normalidad (o norver a la volmalidad). Mañana contaré lo mismo que hoy, pero de forma que se entienda. Recuerdos para J.»

Cerró el diario, lo guardó en su receptáculo y se dirigió al pasillo. Allí, antes de encender la luz, cambió de idea y regresó al salón. Se acercó al teléfono y marcó el número de Julio. Una voz pastosa, desconcertada y turbia respondió al otro lado. Laura mantuvo el auricular en el oído unos segundos y colgó.

Después fue el cuarto de baño, se lavó la cara, se aplicó una crema y comenzó a desnudarse lentamente. Una vez desnuda, se cepilló los dientes y regresó al salón. Volvió a llamar a Julio. Cuando le contestó se acarició el muslo y las nalgas con el auricular, mientras le llegaban varios digas desesperados. Después colgó y, con una sonrisa enigmática, alcanzó el dormitorio y se acostó desnuda.

Dieciséis

Julio se presentó el jueves en el despacho vestido con unos pantalones vaqueros, una camiseta azul y la chaqueta arrugada de Ricardo Mella. En los pies llevaba un calzado deportivo de color blanco y calcetines del mismo color.

Rosa, su secretaria, lo vio pasar y no alcanzó a decirle buenos días. Julio se sentó frente a su mesa y repasó las ventas del último trimestre sobre un listado de ordenador. Con un lápiz, redondeaba aquellos títulos cuyas existencias estaban agotándose. Después, pulsó una tecla del interfono y llamó a su secretaria.

—Siéntate —le dijo.

Rosa se sentó al otro lado de la mesa colocándose el cuaderno sobre la falda, en actitud de tomar notas. Daba la impresión de no querer mirar directamente a su jefe.

—¿Te gusta mi chaqueta? —preguntó.

—Es un cambio de imagen muy fuerte —replicó ella con una sonrisa.

—¿Pero te gusta o no, mi vida?

Rosa carraspeó.

—Están muy de moda; además, lo mismo sirven para vestir que para ir de sport.

—¿Tú crees? —preguntó Julio inseguro.

—Sí —respondió Rosa con más naturalidad, como si se hubiera integrado de súbito en el nuevo estilo—, con una camisa así, de tonos suaves, y una corbata tostada te quedaría muy bien.

—Ya, lo que pasa es que para vestir había pensado comprarme un traje entero lleno de arrugas y una corbata de piel.

—A mí las corbatas de piel no me gustan mucho, me parecen un poco macarras.

—Hay algunas bonitas.

—Sí, pero a mí no me gustan —concluyó Rosa.

Julio encendió un cigarro y contempló su despacho. La realidad seguía mostrando el otro lado.

—Ese archivador parece un ataúd —dijo.

—Pero es muy práctico —respondió Rosa.

—Y las cortinas —continuó Julio— serían elegantes en su época, pero ahora me recuerdan a las que había en la salita de estar de casa de mis padres.

—Si quieres, escribo una carta para que las cambien.

—Déjalo, a lo mejor ponemos una mesa-camilla para hacer juego.

—Como quieras —respondió la secretaria con tono de desaliento o confusión.

Julió cerró los ojos y apoyó la frente sobre la mano derecha, como si se repusiera de un gran esfuerzo intelectual.

—Es que he estado escribiendo toda la noche —dijo.

—¿Qué?

—Que he estado escribiendo —repitió abriendo los ojos—. Una novela.

—¿Cómo se titula?

—*El desorden de tu nombre.*

—Es muy bonito.

—Ya veremos. La publicaré en otra editorial, para que no digan que me aprovecho de mi puesto.

—¿La terminarás pronto?

—Depende. Tengo que resolver una situación complicada. Bueno, mira —añadió cambiando de tono—, coge este listado y haz una carta proponiendo la reedición de los títulos que he marcado con un círculo.

—Vale. Tienes una llamada del jefe de producción. ¿Te pongo ahora con él?

—No, no, déjalo para mañana. Di que estoy reunido. Oye, Rosa.

—Sí.

—¿Sabes que me van a ascender?

—Eso se rumorea por los pasillos.

—¿Querrás venirte conmigo o tendré que buscar otra secretaria?

—Lo nuestro es para toda la vida —dijo Rosa riéndose—. Además, ahora podré presumir de tener el jefe más moderno de toda la casa.

Julio dio por concluida la entrevista y la secretaria salió del despacho. Permaneció dos horas trabajando con notable eficacia, como si el nuevo modo de vestir le hubiera infundido cierta vitalidad. Después echó un vistazo a la prensa, bostezó, encendió un cigarro y pensó en Rosa. Se trataba de una mujer vulgar —ni fea ni guapa, ni tonta ni lista—, en la que, sin embargo, últimamente había comenzado a aflorar una suerte de misterio que Julio interpretaba como una forma de inteligencia difícil de medir con los parámetros habituales. Su modo de relacionarse con la gente, pensó, no es espontáneo; parece responder más bien a una estrategia planificada con precisión y dirigida a unos intereses concretos, aunque desconocidos.

En esto, Rosa le comunicó que el director quería verle. Salió del despacho y recorrió los pasillos causando el estupor de quienes se encontraban con él.

El director, que estaba con el presidente del grupo editorial, se quedó espantado cuando vio entrar a Julio vestido de aquella forma. El presidente, sin embargo, se acercó a él, le tendió la mano y dijo:

—Menos mal que uno de mis ejecutivos no lleva el uniforme habitual. No sé por qué —añadió volviéndose al director— en esta empresa vais todos vestidos de gris. Los ejecutivos de otras compañías ya se han empezado a vestir de un modo más informal, pero más acorde también con los nuevos tiempos.

—Julio —respondió el director repuesto ya de la sorpresa— siempre ha sido un poco rompedor. A veces, demasiado.

—Pues gente así es la que necesitamos. Gente con nuevas ideas, con nuevas formas de vestir, con un estilo nuevo, en definitiva.

Julio escuchaba la conversación con una actitud distante y reflexiva, como si hablaran de otro. Sabía que se referían a él, pero él estaba instalado ya en el otro lado de las cosas, de manera que el director general y el presidente tan sólo podían ver el decorado. Pero el decorado bastaba para triunfar.

—Bueno —dijo el presidente—, ya te habló el director del nuevo puesto que habíamos pensado para ti. Sin embargo, he estado viendo estos días tu expediente, tu trayectoria en esta empresa, y creo que serías más útil como director adjunto que como coordinador. En los próximos años vamos a enfrentarnos a una competencia sin precedentes, las nuevas tecnologías nos están obligando ya a modificar todos nuestros esquemas. Sólo sobreviviremos siendo los mejores, diversificando nuestros productos y captando segmentos de mercado a los que hasta ahora no habíamos prestado niguna atención. Para atender a todo esto, necesitas el poder que da trabajar desde la dirección general. Queremos crecer, pero no queremos crecer desordenadamente; queremos ganar dinero, pero no a cualquier precio. Necesitamos hacer un diseño de futuro que nos coloque a la cabeza del sector editorial. Tendrás el apoyo del director, el mío y se te darán los medios que juzgues oportunos. Estamos apostando por ti y yo espero que no nos defraudes.

Julio miró a su director general y notó que estaba desconcertado. Un año más, se dijo, y me sentaré en tu sillón, hijo de puta.

Después miró a su presidente, pero como si su mirada, traspasándole, estuviera interesada en lo que había al otro lado del cuerpo. Luego, con voz metálica e impersonal, dijo:

—En los últimos años nos hemos dedicado casi exclusivamente a producir porque vendíamos todo lo que sacaban nuestras máquinas. Pero las cosas, como dices, han cambiado y van a cambiar aún más en el futuro. Ya no podemos cargar el acento de nuestra actividad en la producción; es preciso atender el área comercial, cuya estructura se ha ido debilitando progresivamente. Por otra parte, el futuro de la edición está ligado, efectivamente, a los nuevos soportes, a las nuevas tecnologías, pero también al mundo de la imagen. Ahí tendremos que estar si queremos sobrevivir. Y para ello es preciso hacer un buen plan, un buen diseño, que evite las sorpresas que nos va a deparar la competencia. Creo que ese trabajo es responsabilidad de la dirección general y creo, por tanto, que desde un punto de vista organizativo es más racional y más útil colocarme ahí que en una mera tarea de coordinación, que en cualquier caso puedo llevar perfectamente desde el puesto de director general adjunto.

El presidente pareció satisfecho con la actitud fría y distante de Julio, que ni siquiera llegó a dar las gracias por su nombramiento. Sabía que esa forma de despego aumentaba el deseo de su presidente y ponía en evidencia los aspectos más serviles de su director. La realidad, de repente, parecía una masa dócil de moldear entre sus manos. Tuvo la impresión de que podía hacer con ella lo que le viniera en gana, de que le bastaría pensar una cosa para que ésta, inmediatamente, se cumpliera. Mientras el director general hablaba, intentando competir con el discurso de Julio, tuvo una revelación: Orlando Azcárate no era un protegido del presidente; la recomendación no venía de arriba, como había intentado hacerle creer, sino del propio director. Entonces, dijo:

—Una de las primeras cosas que tenemos que hacer es revisar toda nuestra programación de los próximos años. Creo que hay en ella cosas que no están bien, que han entrado por una especie de inercia, de falta de crítica, y que pueden llegar a convertir nuestro catálogo en algo muy confuso. Me refiero —añadió mirando al director— a productos del tipo de *La Vida en el Armario,* de Orlando Azcárate. No es que el libro esté mal, yo mismo he hecho un buen informe, pero no es un autor lo suficientemente sólido como para apostar por él en estos momentos de reflexión.

El director general palideció brevemente y se apresuró a intervenir para zanjar el tema:

—Estoy completamente de acuerdo contigo, Julio. Precisamente, ayer me llevé el original a casa y he estado leyéndolo esta noche. No está mal, pero no es suficiente para nuestro catálogo. Esta mañana he ordenado que no se contrate.

Julio afirmó con un movimiento de cabeza y frunció ligeramente los labios. Entonces le vino el olor de la taza de caldo y comprendió que la realidad inmediata, la más familiar, la de todos los días, estaba llena de rendijas por las que un temperamento como el suyo podía penetrar para observar las cosas desde el otro lado. Esas rendijas estaban hábilmente camufladas por las costumbres, por las normas, por los hábitos de comportamiento. Pero de vez en cuando se mostraban como una herida, como una boca abierta —a través de una taza de caldo o de una reencarnación— y uno podía entrar en el laberinto al que daban acceso y manejar desde sus túneles la vida como un muñeco de guiñol.

La entrevista duró todavía una hora más, pero no se dijeron cosas sustanciales. Julio regresó a su despacho, dio la buena nueva a su secretaria y se marchó a comer.

Quería estar solo para disfrutar de su éxito, pero también para pasear por la calle y exhibirse con sus pantalones vaqueros, su camiseta azul y su chaqueta arrugada. El futuro comienza a caldearse, dijo sin despegar los labios, y añadió: Adiós, Azcárate, Orlando, métete en un armario y piérdete entre sus cajones.

Comió en un restaurante caro, cercano a la editorial, y se tomó tres cafés y dos copas. Cuando se levantó tenía el grado de aturdimiento justo para mirar las calles con la curiosidad de un extranjero. No tenía ganas de volver al despacho y decidió, de súbito, hacer una visita a Ricardo Mella para hacerle partícipe de la buena suerte que le había dado su chaqueta.

Le abrió la puerta su mujer, que iba vestida con una túnica transparente, pero no le invitó a pasar.

—Hola —dijo Julio.

—Hola —respondió ella con una sonrisa que no iba dirigida a él.

—¿Está Ricardo?

—¿Ricardo? No, se ha ido a la selva.

Julio meditó unos instantes y llegó a la conclusión de que aquella información no se ajustaba a la verdad.

—¿A qué selva? —preguntó.

—No sé —dijo ella—, me parece que a una que hay en Guatemala. Nunca lo dice.

—¿Puedo entrar un momento? —añadió Julio.

La mujer le franqueó el paso y caminó delante de él hasta el salón. La túnica ondeaba alrededor de su delgado cuerpo mostrando alternativamente, entre sus numerosos pliegues, algunas zonas de una carne rosada y compacta, distribuida alrededor de un núcleo que no parecía corporal. Es la melena, pensó Julio sin añadir nada más a este juicio brevísimo.

El adolescente del día anterior no estaba. Julio se sentó en uno de los numerosos sofás y dijo:

—Vengo de comer.

—Ya —contestó la mujer.

—No me creo lo de la selva —añadió sin transición.

—Pero él me ha dicho que dé esa información a todos los amigos.

—Yo no soy amigo —dijo Julio—; en realidad, Ricardo y yo nos hemos tenido siempre cierta prevención. Hemos pasado la vida huyéndonos hasta lo del otro día. Además, noté que me ocultaba algo.

—Bueno, pues si no eres su amigo —dijo la mujer con gran sencillez— puedes saberlo. Está internado, parece que se muere. Llevan tres meses dándole quimioterapia, pero estas cosas, si te pescan joven o en torno a los cuarenta, son fulminantes. Se trata de una enfermedad sin proceso, sólo hay una destrucción acelerada.

La mujer ocultó el rostro entre las manos y lloró débilmente, como una niña a la que algún mayor estuviera riñendo injustamente. Su melena era de una perfección notable.

—Este Ricardo siempre fue torpe para las enfermedades —dijo Julio sin saber por qué, como si alguien hubiera elaborado esa respuesta y hubiera utilizado su boca para lanzarla fuera.

Luego se levantó y salió de la casa antes de que la mujer, que se llamaba Laura, despegara las manos de su rostro.

Las calles resultaban curiosas, sobre todo si uno pensaba que bajo su endurecida piel se abrían cientos de arterias por las que circulaba el gas, y la carroña, y la corriente eléctrica, pero también el agua, y las ratas, y los obreros encargados de mantener a punto todo ese tinglado.

Julio pensó: ¡Qué suerte tengo que no me ha tocado a mí! Consideraba que la enfermedad de Ricardo Mella era una especie de fatalidad, de lotería, en la que cada uno de los miembros de su generación llevaba varios números. Si le tocaba a uno, ya no podría tocarle a los otros. De manera que se encontraba a salvo. Era un hombre de suerte. El azar sabe elegir, Ricardo corría demasiado. Demasiadas novelas, demasiados viajes, demasiado dinero, demasiado éxito. Todo eso se paga. Hay que ir despacio y seguro, como yo, para no provocar las iras del azar.

Corría una brisa muy suave que refrescaba ligeramente el aire. Debí haberme llevado la gabardina, pensó; de todos modos no va a poder usarla.

Los escaparates de las tiendas estaban muy bonitos.

Diecisiete

Al día siguiente era viernes y Julio se levantó de la cama sin ninguna pereza. Estaba excitado por los últimos acontecimientos y deseaba que llegara la hora del psicoanálisis para enumerárselos al doctor Rodó. Después, y a pesar de las instrucciones de Laura, se daría una vuelta por el parque para ver si tenía suerte y la veía.

Se pasó la mañana eligiendo los muebles de su nuevo despacho de director general adjunto y coqueteando de forma misteriosa y subterránea con Rosa, en cuyos ojos comenzaba a abrirse una promesa.

La tarde anterior, para celebrar que lo de Ricardo Mella no le había tocado a él, se había comprado una chaqueta muy ligera, de enormes cuadros azules y verdes, que llevaba sobre una camisa ancha, de tonos grises y cuello irregular. Por abajo, seguía con los vaqueros y las zapatillas deportivas.

Comió un sandwich con un par de cervezas en una cafetería de Príncipe de Vergara, y se dirigió a la consulta del doctor Rodó disfrutando de antemano con la cara de sorpresa que pondría el psicoanalista cuando le viera aparecer con esas ropas. Al pasar frente a su propio reflejo, en un escaparate, tardó unas décimas de segundo en reconocerse, lo

que interpretó como un síntoma de buen agüero.
Para triunfar, pensó, hay que ser un poco ajeno a
uno mismo. Se cruzó con un hombre que llevaba a
hombros a un niño pequeño y, acercándose a él, le
dijo:

—Nunca un hombre alcanza mayor altura
que cuando va sobre los hombros de su padre.

El hombre sonrió, pero siguió su camino.
Julio sintió en la conciencia un arrepentimiento
leve, relacionado con su hijo, pero lo anuló con la
promesa de un futuro espléndido, ahora que iba a
ganar mucho dinero y que estaba a salvo de desgra-
cias como la de Ricardo Mella.

En la consulta del doctor Rodó no estaba el
doctor Rodó. Había un sujeto de párpados caídos y
frente despejada que tras invitarle a pasar le informó
que el doctor Rodó había fallecido durante la
madrugada del martes pasado. De un paro cardiaco,
como el canario. Le informó también que era un
colega suyo y le ofreció sus servicios por si deseaba
continuar su análisis.

—Trabajábamos en la misma línea —dijo.

Julio se imaginó a dos psicoanalistas trabajando en una línea de tiza, sobre el asfalto, pero
evitó la tentación de una sonrisa.

—Es que yo tengo una alucinación —dijo.

—¿Qué clase de alucinación? —preguntó el
psicoanalista de los párpados caídos.

—Una alucinación auditiva, una especie de
deslumbramiento que me incapacita para pensar
sobre el significado de las cosas. Pero si usted me da
una tarjeta, lo pienso unos días y a lo mejor le llamo.

—No dude en hacerlo.

—Ya veremos. Estas cosas a veces se arreglan
solas. Ya veremos.

Julio salió a la calle y arrojó la tarjeta a un
cesto de la basura. La premonición de los días ante-

riores parecía confirmarse también con esta muerte. Se sintió muy feliz sin saber por qué y decidió irse a casa por si Laura se ponía en contacto con él.

En el apartamento hacía calor, de manera que se desnudó y se sirvió un whisky con mucho hielo. Después se sentó frente a su mesa de trabajo, tomó una cuartilla y escribió sobre ella, con una caligrafía muy precisa: *El desorden de tu nombre,* novela original de Julio Orgaz.

De manera que el psicoanalista se muere, dijo; eso facilita las cosas. Iba a ponerse a escribir, cuando sonó el teléfono. Era Laura.

—Julio —dijo con voz queda—, ha muerto mi marido.

—Se están muriendo todos —respondió Julio—. Ricardo Mella, mi psicoanalista, ahora tu marido. Lo siento, aunque me alegro.

—Julio —insistió Laura en el mismo tono de voz—, no puedo hablar mucho porque están por aquí mi madre y la niña. Escucha, ven esta noche a mi casa, sobre las once y media, que Inés ya estará dormida, y te lo contaré todo.

Julio apuntó la dirección de su casa sin caer en la cuenta de que el número que Laura le daba era el mismo que el del portal de su psicoanalista.

Pasó la tarde apresado en un laberinto de excitaciones sucesivas, que ocasionalmente actuaban de forma simultánea sobre su estado de ánimo. Al tercer whisky, encendió el televisor, se tumbó en el sofá y se quedó dormido observando al escritor imaginario (él mismo), que desarrollaba sobre las cuartillas la trama precisa y compleja de *El desorden de tu nombre.* Al psicoanalista lo matan entre el paciente y la mujer, dijo antes de perder la conciencia.

Se despertó a las diez, con hambre. Abrió una lata y se tomó su contenido de pie. Luego se dio una ducha, se afeitó, se puso la chaqueta moderna de Ricardo Mella y salió.

Llegó a las once y media en punto al portal de Laura, al portal de su psicoanalista. La coincidencia era, sin duda, una de esas rendijas que se abren a veces sobre la superficie tersa y dura de la realidad. Algo raro está pasando, dijo en el ascensor.

Laura le dio un beso y le hizo pasar al salón advirtiéndole de que hablara en voz baja.

—La niña duerme.

Se sentaron uno enfrente del otro y se miraron largamente, haciéndose cargo de un caudal de amor excesivo, que circulaba entre ambos como por el interior de un cauce destinado desde la eternidad a esa función. Laura estaba algo pálida y sonreía con la belleza de un ángel caído. Ninguno de los dos se animaba a hablar. Entonces, ella se levantó, fue hasta el buró y sacó su diario del compartimiento secreto.

—Mira —dijo—, lee esto que he escrito esta mañana, después del entierro. Ahí está todo.

Julio leyó esa parte del diario y fue averiguando poco a poco lo que seguramente ya sabía: que Laura era la mujer de Carlos Rodó, pero que —enamorada como estaba de Julio— había decidido matarlo, más que para eliminar el obstáculo, para demostrar hasta dónde podía llegar su voluntad cuando ésta actuaba bajo el peso del amor.

—Pero le habrán hecho la autopsia, nos descubrirán —dijo Julio.

—No, no te preocupes —afirmó ella—, llevaba varios días bajo el peso de una tensión muy fuerte. Tenía muchísimo trabajo y consumía de forma habitual anfetaminas y tranquilizantes. Llevaba años enganchado a esas pastillas, pero era incapaz de reconocerlo. Se le paró el corazón arriba, en la consulta, mientras escribía un informe. La dosis del termo lo precipitó todo. Como el cadáver lo descubrí yo, limpié el termo antes de avisar a un compañero suyo del hospital. Sospechaban que la eficacia infatigable de Carlos era producto de una adicción y yo se lo confirmé. Por amistad, y también por evitar un escándalo en el Ayuntamiento, donde lo iban a contratar, se limitaron a firmar el certificado de defunción bajo la fórmula del paro cardiaco. Ahora ya está enterrado, amor, no hay ningún peligro.

Julio permanecía algo perplejo, como asustado de que la realidad se pudiera moldear tan fácilmente en función de sus intereses. Es obra de Teresa, pensó, de Teresa Zagro, que ahora se disfraza de viuda para mí. Después reflexionó unos segundos más y dijo:

—Pero esto es lo que pasaba en mi novela, en *El desorden de tu nombre*.

—Es que esta historia nuestra, amor, es como una novela —dijo Laura cruzando con sencillez provocativa sus piernas.

—Qué fácil es matar —añadió Julio.

—Cuando se hace por amor —concluyó ella.

Pasaron la noche hablando, aunque sin tocarse. Cuando llegó la madrugada, habían hecho y deshecho varias veces el ovillo del amor. Pero continuaban sin saciarse. Entonces, Laura dijo:

—Ahora debes irte, no quiero que te vea la niña cuando se despierte. Tenemos toda la vida por delante.

—Toda la vida, amor, la nuestra y la de los otros. Toda la vida —respondió Julio enfebrecido.

Cuando salió a la calle estaba amaneciendo. El rosicler, se dijo, qué palabra, qué vida, qué rarísimo es todo; no tengo culpa, ni memoria de culpa, somos una pasta moldeable y proteica —otra palabra—; proteica debe venir de prótesis; lo que no es prótesis, es plagio. Pero qué amor, qué amor el de Laura y el mío. Y qué novela.

Aparcó el coche cerca de su portal. Un barrendero pasaba por la acera un enorme cepillo al tiempo que silbaba una canción. Julio se acercó a él:

—Disculpe, qué es eso que silba —preguntó.

—«La Internacional», señor, el himno socialista —respondió el barrendero.

Julio sonrió para sus adentros. Abrió el portal, entró en el ascensor, apretó el botón correspondiente, y entonces tuvo la absoluta seguridad de que cuando llegara al apartamento encontraría sobre su mesa de trabajo una novela manuscrita, completamente terminada, que llevaba por título *El desorden de tu nombre.*

ESTE LIBRO
SE TERMINO DE IMPRIMIR
EN LOS TALLERES GRAFICOS
DE UNIGRAF, S. A.
MOSTOLES (MADRID)
EN EL MES DE DICIEMBRE DE 1994

TÍTULOS DISPONIBLES

EL NARANJO
Carlos Fuentes
0-679-76096-2

ARRÁNCAME LA VIDA
Ángeles Mastretta
0-679-76100-4

LA TABLA DE FLANDES
Arturo Pérez-Reverte
0-679-76090-3

LA TREGUA
Mario Benedetti
0-679-76095-4

LAS ARMAS SECRETAS
Julio Cortázar
0-679-76099-7

EL FISCAL
Augusto Roa Bastos
0-679-76092-X

EL DISPARO DE ARGÓN
Juan Villoro
0-679-76093-8

LOS BUSCADORES DE ORO
Augusto Monterroso
0-679-76098-9

EL FANTASMA IMPERFECTO
Juan Carlos Martini
0-679-76097-0

CUANDO YA NO IMPORTE
Juan Carlos Onetti
0-679-76094-6

NEN, LA INÚTIL
Ignacio Solares
0-679-76116-0

Disponibles en su librería , o llamando al:
1-800-793-2665 (sólo tarjetas de crédito)